AMBROSIO

OU

L'ESPAGNOL.

AMBROSIO

OU

L'ESPAGNOL;

PAR R. FOUCQUES.

La jeunesse est une ivresse continuelle,
c'est la fièvre de la raison.

LA ROCHEFOUCAULT.

DEUXIÈME PARTIE.

A PARIS,

A la Librairie Économique, rue de la Harpe,
N.° 94.

1807.

AMBROSIO

OU

L'ESPAGNOL.

CHAPITRE XXII.

Mistère éclairci. ---- L'amour et le devoir.

NOUS ne restâmes que quelques heures dans la capitale, et nous continuâmes notre route vers le Rhin. L'armée de Sambre et Meuse, dont je devais faire partie, avait passé ce fleuve, et après avoir chassé l'ennemi au-de-là de la Lahn, avait pris position sur les bords de cette riviere ; ce fut là que nous la rejoignimes.

Pedro s'informa au 1.er poste, à haute et intelligible voix, de la route qu'il fallait suivre pour arriver à la division du général Valcour. Nous en faisons partie, répondit l'officier de garde, la tente du général est à deux pas d'ici, et il la lui indiqua du doigt.

Pauvre Ambrosio, dis-je à part moi, te voila dans la nase, on ne daigne plus même se cacher de toi. Te voila devenu, par ta faiblesse et ton imprudente confiance, aide-de-camp de l'ennemi de ton pere. Ah malheureux! Tâche de fuir, s'il en est encore tems, et cours implorer ton pardon. Mais Athenaïs? Hélas elle est perdue pour toi!

Cependant nous avancions toujours, et j'arrivai à la tente du général avant d'avoir rien conclu. Il arrivait lui-même d'une reconnaissance et mit pied à terre en même tems que nous. Eh! bon jour donc, mon vieux camarade, dit-il à Pedro, je te dois beaucoup, brave homme, mais je m'acquitterai, sois en sûr. Puis se tournant vers moi, c'est sans doute à Mr. de Salinas que j'ai l'honneur de parler ? ----- Je fis une inflexion de tête. -- On m'a bien noirci dans votre esprit, n'est-ce pas? Un peu de patience et vous ne tarderez pas à me rendre justice. En attendant il est nécessaire que nous ayons ensemble un quart d'heure d'entretien, au moment même, car je passe la revue dans

une demi heure, elle durera jusqu'à la nuit, et je présume que
demain nous n'aurons pas de tems
de reste ; donnez - vous la peine
d'entrer, toi Pedro, en lui serrant
la main, emmène les chevaux et
laisse nous.

Nous n'avons pas ici toutes nos
aises, dit-il, en me faisant asseoir
à ses côtés sur le matelas qui lui
servait de lit, mais que serait - ce
que la gloire, si elle s'acquérait
sous les lambris dorés et sans pri-
vations. Puis changeant de discours, l'homme en place ne doit
pas selon moi se contenter d'em-
ployer ses talens dans l'exercice de
ses fonctions, il doit encore s'en-
tourer de sujets capables de l'aider
de leurs conseils et de le seconder

dans ses opérations. On m'a beaucoup vanté votre instruction et votre intelligence, et c'est ce qui m'a décidé à vous appeler près de moi. Vous aimez ma fille, ma-t-on dit ; vous avez fait un bon choix, Athenaïs est une excellente fille, mais elle doit être le prix de vos services. Attachez-vous à ma fortune, servez bien, en un mot soyez mon bras droit, et au retour je m'empresserai de serrer un lien qui doit nous unir plus étroitement. Cela vous convient-il ?

Général, lui répondis-je, je serais charmé d'avoir l'honneur de m'allier à votre famille. J'adore votre charmante fille, et je ne pourrai survivre à sa perte, mais j'ai un pere, et je ne puis, sans

son aveu, accepter vos offres gé-
néreuses. C'est à dire, repliqua-t-
il d'un ton sévère, que vous me
refusez, et que les caprices d'un
Espagnol vindicatif et hautain sont
pour vous d'un plus grand poids
que la gloire et le bonheur qui
vous sont offerts. Eh bien, impru-
dent jeune homme, tu ne la pos-
séderas jamais cette Athenaïs que
tu dédaignes, mais ton odieux pere
ne jouira pas de mon humiliation;
tu es en mon pouvoir, tu ne m'é-
chapperas pas, et les murs d'un
cachot te retiendront malgré toi
sous ma puissance. Cependant tu
es encore maître de choisir entre
mon amitié et ma haine, profite
de mon indulgence et ne me force
pas de devenir ton persécuteur.

Mes réflexions sont faites depuis long-tems, lui dis-je, et ma résolution est inébranlable. Vous pouvez m'arracher la vie, mais vous ne me contraindrez jamais à manquer à mes devoirs. -- Bien, mon jeune ami, très-bien, reprit le général, je suis content de vous. Un bon fils doit être un ami sincère et un époux fidèle; on ne m'avait pas trompé, vous êtes digne de ma fille. Lisez cette lettre, ajouta-t-il, j'espère qu'elle nous mettra d'accord.

Je ne concevais rien à la conduite singulière de Mr. de Valcour; encore étourdi de la scène qui venait d'avoir lieu, je pris de ses mains le papier qu'il me présentait et je lus :

Mon cher Fils,

Trompé dans mes projets de vengeance, trahi par un homme en qui j'avais mis ma confiance, privé d'un fils sur qui reposaient toutes mes espérances, jugez de l'excès de ma douleur et de mon désespoir. Votre disparution a pensé couter la vie à votre mere, et la nouvelle de votre existence l'a seule arrachée à la mort. Vous pouvez être libre ou du moins éviter les tourmens et peut-être la mort, mais à quel prix grand dieu !..... N'importe, il s'agit du bonheur de mon fils, pourais-je balancer ! Servez donc sous les ordres de mon ennemi, je vous le permets et vous l'ordonne même. Je suis libre moi, et je me charge seul de notre vengeance commune.

Votre pere, de Salinas.

P. S. Votre mere vous embrasse tendrement.

Maintenant, dit le général, consentez-vous à ma proposition. --- Je consens à vous suivre. --- Promettez-vous de ne pas me quitter sans mon aveu. --- Je balançai un instant, je le promets, dis-je ensuite. ---- Je n'en demande pas davantage, suivez-moi, vous allez commencer vos fonctions.

Peut-être dira-t-on que j'obéis trop ponctuellement aux ordres paternels, et que j'aurais dû interpréter autrement un consentement arraché à la crainte de me perdre. Ce fut ainsi que je pensai moi-même, mais j'aimais éperduement, mon inclination s'accordait avec l'ordre que je venais de recevoir, pouvais-je résister ?

Nous montâmes à cheval pour aller passer la division en revue. La troupe était dans la meilleure tenue, on eût dit qu'elle était en garnison. Mr. de Valcour examina scrupuleusement les armes et se fit remettre un état de tout ce qui était nécessaire pour completter l'habillement et l'équipement ; il serra la main à quelques vieux soldats, sourit aux nouveaux, et fit faire ensuite les grandes manœuvres. Elles furent exécutées avec une rapidité et une précision, dont le général témoigna sa satisfaction aux chefs.

La division finit de défiler à la nuit tombante et nous retournâmes à notre tente. Tout mon emploi, dans cette circonstance, s'était borné à porter les ordres aux chefs des différens corps, pendant les évolutions ; je m'en acquittai du mieux qu'il me fut possible, et le général daigna me dire qu'il était content de moi. Nous nous mîmes à table en arrivant et au bout d'une demi-heure le souper fut terminé ; les repas étaient courts chez le général. Un instant après il arriva des dépêches ; Mr. de Valcour ouvrit sur le champ le paquet et dit en finissant d'en lire le contenu, *je le savais d'avance.* Il m'envoya aussitôt porter aux colonels l'ordre de prévenir leurs corps de se tenir prêts à partir au premier coup de baguette. A mon retour, et lorsque j'eus rendu compte de ma mission, il m'invita à me reposer. J'avais dessein, me dit-il en s'étendant sur son matelas, d'exposer aujourd'hui à vos yeux les motifs de ma conduite envers vous, et de vous faire juge entre le Comte de Salinas et moi, mais il se fait tard et nous avons peu de tems à notre disposition, ce sera pour une autre fois ; à ces mots il mit la tête sur son oreiller et ne tarda pas à s'endormir. Je suivis son exemple et je reposai paisiblement jusqu'à deux heures du matin, qu'il m'éveilla lui-même.

Le général ordonna des dispositions que je fus chargé de faire exécuter, nous allâmes ensuite à la découverte avec une escorte de 200 hussards. Nous marchâmes en avant aussi loin qu'il nous fut possible et suivimes ventre à terre le cordon des postes ennemis, dont nous essuyâmes le feu; néanmoins nous ne perdîmes personne. Aussitôt après notre retour au camp, la division s'ébranla et un feu d'enfer se fit entendre des postes avancés. Le jour commençait à paraître, toutes les gardes rentraient successivement, bientôt les deux armées furent en présence et le canon commença a jouer des deux côtés. Je ne ferai pas la description du combat, elle appartient à l'histoire de la grande nation, je dirai seulement qu'il fut

terrible. Chaque soldat fit des pro-
diges de valeur; pour moi, comme
tous ceux qui débutent dans la
carrière, je frémis au premier coup
que j'entendis de près, le second
me fit moins d'impression, et au
bout d'une heure on aurait juré
que j'avais fait la guerre toute ma
vie.

Nous avions gagné le champ
de bataille, mais la gauche de
l'armée avait perdu du terrain et
nous fûmes obligés de suivre son
mouvement rétrograde, pour ne
pas être enveloppés. On laissa au
soldat le tems de faire la soupe,
et, à l'entrée de la nuit, la retraite
commença. L'ennemi nous pour-
suivit vigoureusement. Chaque matin
dès la pointe du jour la cavalerie

(15)

Autrichienne attaquait notre arrière
garde, et ne la laissait en repos
qu'à l'approche de la nuit. Enfin,
après quelques jours, et quelques
nuits de marche, nous arrivâmes
au camp de Ham, près Dusseldorf;
là, protégés par de triples retranchemens, et toujours prêts à reprendre l'offensive, nous bravions
les efforts impuissans de l'ennemi,
qui, exposé continuellement à une
attaque de notre part, s'épuisait
par les veilles, tandis que l'armée
française dormait paisiblement.

CHAPITRE XXIII.

Eclaircissemens. -- Projet de vengeance à la Française.

QUELQUES jours après notre arrivée à Ham, Mr. de Valcour se rappela la promesse qu'il m'avait faite. Votre pere, me dit-il, vous a sans doute raconté les divers événemens de sa vie. Mon histoire est liée à la sienne depuis le premier moment de notre connaissance, jusqu'à la sanglante catastrophe qui l'aigrit si fort contre moi. Il ne me reste donc à vous instruire que des événemens qui sont survenus depuis.

,, Après ce malheureux duel qui pensa couter la vie à votre pere, je piquai des deux et ne m'arrêtai qu'au château de Mr. d'Ormeuil, où j'avais laissé mon épouse. J'étais parti sans l'instruire des motifs de mon départ, et je la trouvai fort inquiete à mon retour. Ma présence fit renaître le calme dans son âme, et le danger étant passé, je crus devoir lui faire part de ce qui m'était arrivé. Nous déplorâmes ensemble la manie du Comte, et nous le plaignimes sincèrement du malheur qu'elle lui avait attiré.

Cependant il était blessé très-dangereusement, je craignais que cette affaire ne fit du bruit et n'eût pour moi de funestes résultats. Je pris congé de Mr. d'Ormeuil dès le lendemain., et je me retirai avec mon épouse, dans une terre que j'avais aux environs de Saint - Jean de Luz, après avoir chargé un de mes amis de s'informer chaque jour de l'état de mon infortuné rival et de me prévenir, dans le cas où j'aurais quelque danger à courir. J'appris bientôt que le médecin répondait de sa vie, et cette nouvelle me fit le plus grand plaisir. Mon congé était expiré, je fus obligé de rejoindre mon régiment, et ce ne fut que long-tems après que j'appris la nouvelle de son mariage et de son départ pour l'Espagne.

La révolution arriva et traîna à sa suite le brigandage et l'anarchie. Redoutant l'enthousiasme féroce de mes vassaux, à qui pourtant je n'avais jamais fait que du bien, je me retirai à Paris, et supprimant le *de* de mon nom, j'y vécus quelque tems assez tranquille. J'avais été obligé de prendre du service dans la garde nationale, et je fus nommé, malgré moi, capitaine des grenadiers de ma section. L'affaire du 10 août eut lieu peu de tems après, et je fus présent à l'attaque du château des Tuileries. Le bataillon dont je faisais partie était bien composé ; chacun de nous n'attendait qu'un signal, un acte d'énergie de la part de l'infortuné monarque pour se joindre à la petite troupe de ses défenseurs et l'arracher des mains de ses ennemis. Sa faiblesse dans cette circonstance lui enleva tout espoir de salut ; les grenadiers indignés se contentèrent de ne prendre aucune part à l'action. C'était assez pour compromettre la liberté et la vie de leurs officiers. Je fus informé que quelques hommes exaspérés devaient me dénoncer à ma section comme partisan de la royauté.

Que faire en pareille circonstance ? J'aimais mon prince, mais j'aimais aussi mon pays et je regardais comme un crime de se joindre à ses ennemis pour l'opprimer. Le danger était pressant, il fallait se décider promptement. Après de courtes réflexions, je restai persuadé que, dans toutes les circonstances possibles, le premier devoir d'un homme est de défendre son pays. Je demandai du service et je partis pour l'armée avec le grade de chef de bataillon. Depuis cette époque, je n'ai presque pas quitté l'Allemagne. J'ai assisté à toutes les batailles que l'armée a livré, j'ai reçu quatre blessures, et je suis parvenu successivement aux grades de colonel, de général de brigade et de général de division.

Je touche à l'instant le plus douloureux de ma vie, je veux parler de l'enlèvement de ma fille. Forcé d'être presque toujours éloigné de mes foyers, j'avais confié son éducation aux plus habiles maîtres. Sa mere m'instruisait fréquemment de ses progrès rapides dans les sciences et les arts d'agrément. L'amour de ces deux êtres chéris faisait tout mon bonheur, il fut enfin troublé.

Mon épouse m'écrivit qu'Athenaïs avait disparu, sans qu'on pût savoir ce qu'elle était devenue. Je demandai aussitôt un congé et je partis pour ma terre. Un nouveau malheur m'y attendait. Je trouvai mon épouse dangereusement malade du chagrin d'avoir perdu sa fille. Ne sachant où donner de la tête, je commençai par prodiguer des consolations à la mere, et je parvins à ramener dans son cœur, sinon le calme, au moins l'espérance. Pendant ce tems, mes gens parcouraient les chemins et prenaient par-tout des informations ;

elles furent toutes infructueuses.

Enfin votre pere , que j'avais oublié , me revint à l'esprit , et connaissant le caractère de votre nation, je ne doutai plus qu'il ne fût l'auteur de cet enlèvement. Ce fut alors que j'eus recours à Pedro. Ce brave homme avait suivi dans son ambassade le duc d'Olona , chez lequel il avait été élevé. Il était tombé malade à l'instant du départ du duc pour l'Espagne ; un de mes amis , qui avait beaucoup connu ce Seigneur , me le recommanda , et il entra à mon service à peine convalescent. Depuis ce tems , il m'avait donné des preuves non équivoques de son attachement et de son intelligence. Il était Espagnol, et par cela même plus en état qu'un autre de remplir sa mission avec succès ; c'est pourquoi je le choisis de préférence. Je lui adjoignis un nommé Belle-Pointe, ancien soldat du régiment que je commandais avant la révolution, et qui avait servi 4 ans dans les gardes Wallones.

J'avais appris de votre pere même que l'habitation des ses ancêtres était située à peu de distance de Valladolid, ce fut donc vers cette ville que je dirigeai la marche de mes deux confidents. Je remis à Pedro des lettres de changes et des pierreries, je lui donnai des lettres de recommandation pour plusieurs personnes qui pouvaient lui être utiles dans le cours de son expédition, et notamment pour le général D..., avec qui j'étais intimement lié. Ce respectable ami a contribué puissamment au succès de mes desseins. Il gagna à force de présens le batelier des bords de l'Ebro, qui assura la fuite de ma fille et la votre. Les Espagnols ne connaissaient pas ce passage, ou ils avaient négligé de s'en emparer, et il leur eût été funeste, si la guerre eût continué.

A son arrivée à Valladolid, Pedro apprit que le Comte quittait rarement Salinas. Il chargea Belle-Pointe de s'aboucher avec les domestiques, mais celui-ci n'y put parvenir, tant il était difficile de s'introduire dans le château. Peu de tems après il apprit que le Comte avait besoin d'un valet de chambre, aussi-tôt il se présenta chez le Duc d'Olona, et le pria de s'intéresser pour lui près de votre pere. Le Duc s'y prêta volontiers, et Pedro fut admis au nombre de vos gens, à sa recommandation.

Ce premier pas fait, il tâcha de s'assurer si mes conjectures étaient fondées et il y parvint facilement. Les ravisseurs de ma fille, retardés dans leur marche par les obstacles qu'ils rencontraient à chaque instant, dans un pays occupé par deux armées, n'étaient arrivés avec elle à Valladolid que depuis peu de tems ; et le Comte l'avait renfermée provisoirement dans l'aile déserte du château, en attendant que tout fût prêt pour l'exécution de ses desseins sur elle,

Il avait résolu comme il me l'a écrit lui-même, avec dépit; il avait résolu, dis-je, de lui faire prendre le voile, et de m'enlever tout espoir de la revoir jamais, afin de se venger de tous les maux que je lui ai faits. Ainsi votre pere, que le tems et la réflexion auraient dû faire revenir de son erreur, ne cesse de m'attribuer des malheurs qu'il ne doit qu'à son imprudence.

Une fois assuré du lieu qui recélait Athenaïs, Pedro ne s'occupa plus que des moyens de l'en faire sortir. Il redoutait la surveillance du vieux Louis, et connaissait trop peu vos gens pour tenter de les corrompre, c'est pourquoi il résolut de ne confier son secret à personne et de ne s'en rapporter qu'à lui-même.

A force d'examiner les dehors du château, il découvrit l'entrée de l'acqueduc, mais il fut arrêté par une porte qu'il tenta vainement d'ébranler. Il y retourna le jour suivant, prit avec de la cire l'empreinte de la serrure et il eut bientôt une clef. Ce n'était pas encore assez, il fallait trouver une issue pour pénétrer jusqu'à la prisonnière. L'intrépide Pedro ne se découragea pas ; muni des outils nécessaires et d'une lanterne sourde, il résolut de percer lui seul le mur de la cave voutée. Heureusement pour lui, le tems avait fait plus de la moitié de l'ouvrage, et il eut bientôt pratiqué l'ouverture que vous avez vue.

Cependant il fit une réflexion

désespérante. Si ma fille eût été libre dans le château, il eût sans doute été fort aisé de la faire évader par le souterrain, mais elle était confinée entre quatre murailles, le redoutable Louis gardait l'entrée de sa prison, et cet obstacle lui parut insurmontable. Un soir qu'il rêvait péniblement à ce contre-tems, assis sur les débris du mur, il vit paraître Athenaïs, conduite par son gardien. Cette vue ranima ses espérances ; il ne douta pas qu'on ne profitât du tems de votre absence et de la sienne pour faire prendre l'air à la prisonnière, et il établit son plan là-dessus.

Il commença par fabriquer une lettre, qu'il signa de mon nom, dans laquelle je prévenais ma fille que, malgré la guerre qui divisait les deux nations, j'avais obtenu des passe-ports pour l'Espagne, que mon dessein était de l'arracher des mains de son ravisseur et de solliciter, de la cour de Madrid, la punition de l'attentat commis sur sa personne ; qu'en conséquence elle eût à suivre la personne qui lui remettrait mes instructions. Il ajoûtait par *post-scriptum* que nous ne quitterions la capitale, que lorsque j'aurais obtenu la satisfaction que je demandais.

Il instruisit Belle-Pointe de son dessein, et l'ayant laissé à quelque distance avec des chevaux, il descendit au souterrain. Il avait eu le tems de s'assurer que Louis s'éloignait pendant quelques instans, chaque fois que ma fille descendait au jardin, et il s'était bien promis de profiter de cette courte absence.

Aussi-tôt qu'Athenaïs fut seule sur son banc, Pedro l'appela plusieurs fois à voix basse. Elle tourna la tête de tous côtés et distinguant enfin d'où partaient les sons, elle s'approcha de l'ouverture. Elle pensa s'évanouir en reconnaissant Pedro, mais un coup d'œil de celui-ci lui rendit toute sa fermeté. Il jetta dans le jardin la lettre supposée et attirant à lui la victime, il l'emporta dans ses bras et la remit à son compagnon, à qui il recommanda de faire le plus de diligence possible jusqu'à la nuit. L'affaire étant terminée, il rentra au château et attendit l'événement.

L'intention de Pedro, en vous faisant des demi confidences, n'avait été d'abord que de se débarasser d'un surveillant incommode. Il avait remarqué votre air inquiet et préoccupé, il vous avait rencontré dans votre promenade nocturne, et il craignait que les mesures que vous prendriez pour satisfaire votre curiosité, ne dérangeassent les siennes. A cette considération, se joignait l'idée qu'il avait conçue de vous enlever vous même de la maison paternelle. Persuadé qu'il me rendrait un service de plus, en rendant la pareille au Comte, il se détermina à tenter ce coup de maître. La confiance que vous lui témoignâtes et l'intérêt que lui inspirèrent votre amabilité, la douceur de votre caractère et votre ardent amour pour Athenaïs, l'engagèrent ensuite à vous servir de tout son pouvoir, et c'est à ses bons offices que vous êtes redevable de mon amitié et de la tendresse de ma fille. Je reviens à mon récit.

Pedro crut d'abord qu'il suffirait de vous annoncer l'enlèvement de votre amante, pour vous engager à la poursuivre ; réfléchissant ensuite à votre attachement pour vos parens, il craignit que ce moyen ne fût pas assez puissant pour vous faire dépasser la Frontière. Alors il eut recours à la ruse, pour obtenir un ordre qu'il pût faire valoir en cas de besoin.

2 *

Lorsque Louis revint vers le banc sur lequel il avait laissé ma fille, et qu'il ne la trouva plus, il dut être surpris et effrayé. La brêche faite à la muraille dut lui donner des soupçons, et la lettre supposée acheva sans doute de le convaincre de l''évasion de sa captive. Il accourut aussi vite que le permettait son âge, vers le cabinet du Comte et l'instruisit de l'accident. Pedro, appuyé sur une croisée du corridor qui conduisait à cet appartement, entendit une partie de leur conversation. Elle fut courte ; le Comte sortit presque au même instant, en accablant son vieux confident de reproches amers sur son défaut de vigilance. Le rusé Pedro, se trouvant là comme par hazard ; s'informa de la cause du trouble et de la fureur de votre pere et lui offrit ses services avec empressement. Selle moi vite un cheval, dit le Comte, c'est le seul service que tu puisse me rendre pour le moment.

Il courut sur le champ à l'écurie, où le suivirent le Comte et son vieux serviteur, qui, malgré ses cheveux blancs et les reproches de son maître, sollicita la permission de le suivre et l'obtint à force d'importunité. Pedro, en sellant les chevaux, s'informa sans affectation si Mr. le Comte n'avait rien à ordonner à son fils avant son départ. Il est sans doute chez la Marquise, répondit-il, tu iras le trouver et tu lui diras de ma part que je désire qu'il rentre sur le champ au château, et qu'il n'en sorte pas avant mon retour.

Ce n'était pas là le compte de Pedro et il crut un instant qu'il serait obligé de s'en tenir à son premier plan. Quand il fut prêt à passer le pont levis, le Comte s'arrêta et rappelant l'officieux valet de chambre, Pedro, lui dit-il, j'ai changé d'avis. Il se pourrait que je fusse la dupe d'une imposture ; arme les gens de mon fils ; fais seller les chevaux et partez tous avec Ambrosio. Informez-vous sur la route de France si on n'a point vu passer une jeune fille de 14 à 15 ans, blonde et *assez jolie*. Visitez toutes les voitures que vous rencontrerez et si vous découvrez la personne que je vous désigne, faites en sorte de vous en emparer et ramenez la au château *morte ou vive*, je récompenserai magnifique-ment celui de vous qui aura mon-tré le plus de zèle. Sur-tout ne perdez pas de tems, elle est peut-être déja loin. Mais, reprit celui-ci, si Mr. le Comte voulait me donner un mot d'écrit pour Dom Ambrosio, il me semble que cela vaudrait mieux. En parlant ainsi, Pedro tirait de son porte-feuille une feuille de papier et une plume, et pré-sentant l'un et l'autre au Comte, ainsi qu'une écritoire : un mot d'é-crit, dit-il, aura plus de poids que la parole d'un domestique. Le Comte alors écrivit à la hâte le billet, qui servit depuis à vous faire sortir de l'auberge du cheval blanc, et il partit aussi-tôt comme un trait.

Il était tems, la colère du Comte avait été bruyante, un des gens avait entendu quelques mots énergiques qu'il avait prononcé, il avait aussi-tôt couru en faire part à un autre et de proche en proche, le bruit qu'il était survenu quelqu'événement sinistre, était parvenu jusqu'à votre mere. La Comtesse avait pris l'alarme et accourait suivie des domestiques, au moment où le Comte piqua sa monture pour s'éloigner du château. S'ils étaient arrivé un instant plutôt, Pedro se serait trouvé dans l'embarras. Le départ du Comte le mit à son aîse, il raconta ce qu'il crut le plus propre à calmer les esprits , et chacun se retira de son côté.

Vous savez le reste, ajoûta Mr. de Valcour, à quelques particularités près, dont je vais vous instruire, si vous ne les avez pas devinées. Le portrait dont Pedro vous fit présent lui avait été remis par moi pour en faire usage en cas de besoin, c'était en quelque sorte, le signalement d'Athenaïs. Il y joignit le billet qui vous affligea tant, pour vous empêcher de révéler un secret, dont la découverte eût détruit tout son plan. Le batelier des bords de l'Ebro , qui se présenta si à propos pour vous servir de guide , était envoyé par Belle-Pointe , qui avait passé la rivière un instant avant. Le général D...., fut ausi prévenu par lui et dépêcha son aide de camp, qui vint vous attendre à l'autre bord.

A présent vous pouvez juger lequel de votre pere ou de moi est le plus coupable. Le Comte voulait désespérer toute une famille pour me punir de torts que je n'eus jamais. Moi je veux le punir des siens, en le forçant de faire le bonheur de son fils, et de devenir mon allié et mon ami. C'est ainsi que se venge un français. »

CHAPITRE XXIV.

Eclair de bonheur. — Evénemens guerriers.

CE récit acheva de me convaincre que M. de Valcour n'avait aucun tort envers mon pere, cependant le respect filial m'empêchait d'en convenir et le général était trop honnête homme pour m'engager à déclarer hautement mon opinion ; c'est pourquoi je me contentai de le remercier de sa complaisance. Pedro reçut aussi le même jour mes remerciemens, pour les services qu'il m'avait rendus. Néanmoins j'éprouvais certains mouvemens de dépit dont je n'étais pas le maître, quand je réfléchissais que j'avais été si long-temps sa dupe. Mon amour propre se révoltait, mais je réprimais bientôt ce mouvement involontaire, en considérant que, sans son adresse et son amitié pour moi, j'aurais été séparé pour jamais de mon amante.

Je passe sous silence le tems de notre séjour au camp de Ham, et mes deux premières campagnes. Tantôt battans et tantôt battus, les Français et les Autrichiens chantaient victoire tour à tour. Toujours aux côtés de mon général, je partageai ses dangers et j'acquis sous son commandement l'habitude d'un art difficile et dangereux que je ne connaissais encore que par théorie.

Un armistice, conclu entre les puissances belligérantes, laissa respirer quelque tems nos guerriers. Dans cet intervalle, la division dont je faisais partie, fut appelée à former la garnison de Paris. M. de Valcour profita de cette circonstance pour demander un congé ; il l'obtint facilement et nous partimes ensemble pour sa terre, ou si l'on veut pour celle de mon pere.

Quelques lecteurs qui n'ont pas reçu de la nature le talent de deviner, se demandent sans doute pourquoi cette terre se trouve appartenir à deux propriétaires à la fois ; il est facile de les satisfaire. Mon pere, en sa qualité de *noble* et *d'étranger*, avait été réputé *ennemi du peuple Français ;* en

conséquence sa terre avait été dé-
clarée *bien national* et avait été
vendue au plus offrant. Mr. de
Valcour s'était présenté aux enchères
et la terre lui avait été adjugée.
— Comment ce Valcour si généreux. . . . . Doucement lecteur, ne
précipitez pas votre jugement. Je
pensai de même alors et j'étais
bien aise d'avoir cette action à lui
reprocher ; c'était le seul motif
raisonnable qui se présentât pour
justifier la conduite de mon pere.
Je le vis bientôt disparaître et je
fus forcé de reconnaître que Valcour n'avait pas cessé d'être généreux ; c'est tout ce que je puis vous
révéler pour le moment. Maintenant retournons sur la route de
Dax, et regagnons s'il se peut le

tems perdu ; deux femmes aimables nous attendent avec impatience et je ne suis pas dans l'usage de faire languir les dames.

M.^e et Mlle de Valcour, prévenues de notre arrivée, vinrent au-devant de nous deux lieues au-de-là de Dax. Aussi-tôt qu'elles nous apperçurent, elles quittèrent la voiture et s'avancèrent à notre rencontre. De notre côté, nous donnâmes de l'éperon à nos montures, et au bout de quelques minutes, le général tomba sur le sein de son épouse, et moi.... Encouragé par un signe, je me précipitai dans les bras d'Athenaïs. Tendres amants, qui, une fois dans votre vie, avez retrouvé l'objet de votre tendresse, après une longue

séparation, peignez vous mon bonheur, vous seuls pouvez le com-
prendre.

Madame de Valcour m'accueillit
comme un fils chéri, elle m'acca-
cabla de caresses, et Pedro, le bon
Pedro, spectateur muet de cette
scène, laissait échapper de ses
yeux de grosses larmes, qui venaient mouiller son visage rayon-
nant de plaisir ; l'ensemble expres-
sif de sa phisionomie semblait dire :
voila mon ouvrage !

Au bout de deux mois, passés
au sein de l'amour et de la félicité, il fallut de nouveau nous
séparer. De grands événemens se
préparaient, l'homme unique, le
héros par excellence était revenu
d'Egypte. La victoire, qui nous

avait abandonné, allait s'attacher à nos drapeaux, et tous les militaires accouraient à Paris pour seconder le grand homme dans ses vastes desseins. Mr. de Valcour ne voulut pas être des derniers et nous nous mîmes en route sans en attendre l'ordre. Oh, bonheur, que tu passes rapidement !

Nous assistâmes à la fameuse journée du 18 brumaire, ce fut là que je vis pour la première fois *l'homme unique.* Je fus témoin de son sang-froid et de sa présence d'esprit, je le fus du respect et de l'admiration qu'il inspirait aux militaires de toute arme. Les généraux ne l'appelaient pas autrement que *le général,* il semblait qu'il n'y eût plus que

lui qui méritât ce titre. Pourquoi,
disais-je à Mr. de Valcour, ces
chefs que j'ai vu si souvent se dis-
puter l'honneur du commandement
et s'attribuer chacun en particulier
les succès des armées françaises,
voyent-ils tranquillement, avec joie
même, l'élévation d'un de leurs
collègues ? Pourquoi n'y a-t-il pas
rivalité entr'eux et lui ? C'est, me
répondit-il, que tous ces braves,
que vous avez vu se signaler dans
nos camps, y avaient apporté des
talens à peu près égaux et une bra-
voure égale ; de la naquirent ces
mésintelligences si souvent funestes
à nos armées. Si *le général* ne pos-
sédait que des talens militaires et
du courage, son entreprise lui ferait plus d'ennemis que d'admira-

teurs ; mais il n'est pas un de nous qui ne soit subjugué par l'ascendant de son génie. Chacun, en examinant le développement de ses plans, la profondeur et la justesse de ses combinaisons, reconnait son impuissance et est réduit à admirer.

A peine *le général* fut-il revêtu du pouvoir suprême, que toutes les branches de l'administration, paralysées depuis long-tems, reprirent une nouvelle vie. La confiance et le crédit reparurent, les capitaux rentrèrent dans la circulation, et tout fit présumer les glorieux résultats de ses vastes conceptions. Déja les départemens de l'Ouest, en proye depuis si long-tems aux horreurs de la guerre civile, commencent à respirer ; les chefs des révoltés ont entendu la voix du héros, et les armes sont tombées de leurs mains.

Cependant l'orgueilleuse maison d'Autriche, enivrée de ses derniers succès, refusait la paix qui lui était offerte. Maîtres de l'Italie, ses soldats menaçaient de passer les Monts et de dévaster nos campagnes ; une poignée de Français dépourvus d'armes, de nouriture et de vêtemens, pouvait à peine garder les défilés des Alpes et retarder la marche de l'ennemi.

Consolez-vous braves guerriers, *le général* a vu vos besoins, vos maux vont finir. De nombreux convois s'acheminent vers les montagnes, une armée nouvelle semble sortir du sein de la terre et marche à votre secours. *Le général* est à sa tête, tout va changer de face en un instant.

Je ne dirai rien du passage du Mont - Bernard, tant d'autres en ont parlé! Pour la même raison, je ne parlerai pas davantage de la fameuse affaire de Marengo, de cette journée mémorable qui décida du sort de nos ennemis ; mais je dois m'arrêter un instant à celle de Montebello qui la précéda, pour relever une erreur échappée à notre compagnon d'arme Jérome ; il attribue le salut de l'armée à une division entière, tandis que la gloire en appartient toute entière à un seul régiment d'infanterie.

Brave 96e ! Sans toi peut-être, nous n'eussions pas vu la plaine de Marengo, ou *l'homme unique* conquit treize places fortes d'un coup de plume ; mais tu faisais partie de son plan, et en te plaçant à la réserve, il savait que l'armée était en sûreté.

Qu'on me pardonne cette digression, je reviens à l'histoire de ma vie pour ne plus m'en écarter.

CHAPITRE XXV.

Le Trebuchet.

LES hostilités avaient cessé, mais la paix n'était pas signée et il était important de conserver nos positions et de les mettre à l'abri des entreprises de l'ennemi. Mr. de Valcour fut chargé de garder avec sa division le passage de l'Oglio, et il ne négligea rien pour l'exécution de l'ordre qu'il avait reçu. Il établit son camp de l'autre côté de la riviere, dans un endroit où elle formait un demi cercle, dont l'intérieur se trouvait derriere la division, de manière qu'elle figurait un arc, dont le camp était la

corde, la droite et la gauche étant
appuyées aux extrémités du demi
cercle. Il fit élever en avant du
front, des redoutes saillantes et
rentrantes, appuyées de même à
l'Oglio, et dont les angles exté-
rieurs furent garnis de fortes batteries. Ces travaux étant achevés,
il me demanda ce que j'en pensais.
Je répondis qu'il avait fait ses pré-
paratifs de défense en homme du
métier, mais, que je le priais de
me permettre d'y ajouter une for-
teresse en miniature, de mon in-
vention, qui, en cas de besoin,
pourrait nous servir à reprendre
l'offensive avec avantage ; je lui
détaillai aussi-tôt mon plan. Il reçut son approbation, et je commençai à le faire mettre à exécution le jour même.

Je fis élever dans la plaine, à une portée de fusil en avant des redoutes, un bâtiment carré de 10 à 12 pieds de hauteur, et de 25 de largeur sur chaque face. Il était composé de fortes poutres jointes ensemble et placées horisontalement, je fis revêtir le dehors de plusieurs couches de terre, de manière à le mettre à l'épreuve de la bombe et du boulet du côté de l'ennemi. A environ 2 pieds au-dessus du sol, je fis pratiquer entre les poutres, sur toute la largeur des trois faces extérieures, une ouverture horisontale assez haute pour pouvoir y passer un canon de fusil, j'en fis faire autant 2 pieds plus haut, de sorte que deux rangs de soldats pouvaient faire feu en même tems. L'entrée du bâtiment était placée au centre de la face intérieur, c'est à dire celle qui se trouvait vis-à-vis nos redoutes; elle était défendue par une porte de chêne dont le commandant de ce petit fort devait avoir la clef.

Je fis creuser ensuite deux chemins couverts. L'un étroit, sombre et tortueux avait son entrée dans un coin du bâtiment; elle était masquée de manière à ce que tout autre que le commandant, qui était dans le secret, ne pût l'appercevoir. Ce chemin aboutissait aux retranchemens et était destiné à assurer la retraite de la petite garnison, qui pouvait, par cette voye, se réunir à nous en un instant. L'autre large et droit était éclairé par des fenêtres grillées qui donnaient sur les fossés, en face de nos redoutes. On l'appercevait en entrant, et il devait servir à tromper l'ennemi, lorsqu'il aurait enfoncé la porte.

Tant de précautions semblent peut - être superflues à bien des gens; ils se trompent. Un militaire qui s'excuserait d'un échec, sur ce qu'il n'a pas prévu telle ou telle chose, se ferait rire au nez par ceux qui connaissent l'art de la guerre. Un chef habile prévoit tout, et employe tous les moyens qui sont à sa disposition pour tromper les vues de l'ennemi dans tous les cas possibles. On verra tout-à-l'heure que mon stratagême ne fut pas inutile.

L'Empereur d'Allemagne, que les défaites multipliées de ses armées auraient dû éclairer sur ses véritables intérêts, refusa la paix que la France lui offrait généreusement à des conditions honorables, et les hostilités recommencèrent.

Nous fûmes attaqués dans nos retranchemens par une division ennemie du double plus forte que la notre. On se canona de part et d'autre pendant un jour entier. Mon petit fort masquant une partie de nos retranchemens et en défendant l'approche, les Autrichiens tentèrent de s'en emparer. Aussi-tôt la garnison fit un feu d'enfer par les ouvertures, et une grèle de mitraille partant de nos redoutes éclaircissait les rangs à chaque instant.

Le danger ne fit qu'accroître l'acharnement des assiégeans, ils se précipitèrent en foule vers la Porte, malgré le feu continuel de nos batteries.

Au 1er coup de hache, le commandant, suivant l'ordre qu'il avait reçu, fit défiler sa troupe et rentra avec elle dans les retranchemens. Un instant après, la Porte céda sous les coups redoublés des assaillans, qui se précipitèrent en foule dans l'intérieur. N'appercevant personne, ils se jettèrent à corps perdu dans le chemin couvert, que j'avais fait construire exprès pour eux, espérant rejoindre la garnison et entrer en même tems qu'elle dans les redoutes. Quel fut leur étonnement, lorsque arrivés à l'extrémité, ils se trouvèrent arrêtés par d'énormes barreaux de fer. Ils voulurent alors rebrousser chemin, mais il n'était plus tems. Aussi-tôt que j'avais apperçu les premiers qui étaient arrivés à la *fenètre*, j'avais fait tirer à boulet sur l'édifice, qui peu solide de notre côté, s'écroula au quatrième coup.

Nous n'avions pas un seul brave à regretter et l'ennemi avait perdu plus de 1,5oo hommes dans l'attaque de mon Trebuchet, sans compter 8oo autres qui restèrent ensevelis sous terre et qui furent faits prisonniers. Nous profitâmes du désordre et de l'étonnement des Autrichiens pour reprendre l'offensive. Nous éprouvâmes d'abord de la résistance de la part de la cavalerie, mais elle fut bientôt obligée de plier devant les baïonnettes de notre infanterie, formée en colonne d'attaque.

L'infanterie Autrichienne était totalement découragée, au point que je fis moi seul 600 prisonniers ce jour là ; et en cela je n'eus pas grand mérite ; les bataillons n'attendaient que l'apparition d'un français pour mettre bas les armes. Cependant les victoires multipliées de nos armées ouvrirent enfin les yeux de l'Empereur, sur les dangers auxquels il exposait sa puissance ; il commença à craindre que la perte des provinces soumises à sa domination n'entrainât celle de sa couronne, des préliminaires de paix furent signés et l'armée d'Italie entra dans ses cantonnemens. La division de Valcour occupa tout le pays situé sur les bords de la Brenta et son quartier-général fut établi à Padoue.

L'affaire du Trebuchet avait fait du bruit, il n'est donc pas étonnant qu'elle fût parvenue aux oreilles d'un homme à qui nul détail n'échappe ; d'ailleurs Mr. de Valcour était trop fier pour vouloir s'attribuer la portion de gloire qui m'appartenait. Son premier soin, à la fin de la campagne, avait été d'informer le grand homme de la part que j'avais eue aux succès des armes françaises, je fus bientôt récompensé. A peine étions nous arrivé au cantonnement que je reçus un brevet de colonel, mais un prix plus flateur m'était réservé.

Quelque tems après, *le général* passa la revue des troupes. Arrivé devant la division de Valcour, il daigna me faire appeler ; je parus devant lui avec les marques distinctives du nouveau grade dont j'étais revêtu. Son compliment fut court, mais il attacha sur moi un regard de bienveillance et me serra affectueusement la main. Soldats français ! C'est à vous que j'en appelle, quel est celui d'entre nos braves qui n'exposerait pas cent fois sa vie pour obtenir une pareille faveur ?

CHAPITRE XXVI.

Egaremens. -- Confusion.

JUSQU'ICI je n'ai cessé de parler
de moi avantageusement , et je
crains bien qu'on ne m'ait accusé
plus d'une fois de fatuité. Cependant le jugement serait rigoureux ;
en ma double qualité de héros et
d'historien , j'ai dû dire la vérité
toute entière , et il est bien difficile pour un jeune homme, de ne
pas croire et de ne pas répéter les
éloges qu'il a reçus par-tout de la
bouche des plus jolies femmes. Je
raconterai avec la même sincérité
les fautes dont je me suis rendu

coupable, et dans ce moment même, je sollicite toute l'indulgence du lecteur pour les erreurs dans lesquelles je me suis laissé entrainer et dont je vais l'entretenir. Puissé-je ne pas la réclamer en vain! Et toi, ma bien aimée, pourras-tu pardonner à l'amant de ton choix de t'avoir oubliée un instant? Mais, que dis-je, t'oublier; ah! Crois-en le serment que je fais, tu n'as jamais cessé de régner sur mon cœur; mon crime fut tout entier l'ouvrage des sens et de la séduction.

Pendant le cours des hostilités, l'image d'Athenaïs, sans cesse présente à ma pensée, avait soutenu mon courage au milieu des dangers; l'idée délicieuse qu'elle devait être un jour le prix de mes exploits, excitait mon courage et me faisait braver tous les obstacles. Que n'a-t-elle duré quelques mois de plus cette glorieuse campagne! Je n'aurais pas cessé un moment d'être digne de mon amie.

Tout était calme et tranquille; nos jeunes officiers, répandus dans les cercles, s'y distinguaient par le ton léger, l'urbanité et la galanterie, qui forment la base du caractère français et unissaient les mirthes aux lauriers dont ils étaient couverts; seul peut-être, je restais insensible à tous les plaisirs. Je résistai long-tems aux instances de mes amis qui m'excitaient à les imiter, mais que ne peuvent sur l'esprit d'un jeune homme les conseils de l'amour propre et la contagion de l'exemple! Je parus d'abord dans la société, uniquement pour me débarasser des importunités de mes camarades ; peu à peu j'y pris goût, et l'attrait des plaisirs remplaça bientôt dans mon cœur la douce mélancolie. Cependant je faisais peu d'attention aux charmes des belles qui nous entouraient, j'étais froid et silencieux ; une Syrenne entreprit de me faire sortir de ce qu'elle appelait ma léthargie et elle ne réussit que trop bien.

Paulina était jeune et belle ; ses traits voluptueux, sa voix douce et flexible invitaient au plaisir ; elle profita de tous ses avantages pour me subjuguer. Elle flatta mon amour propre, en me prodiguant ces distinctions et ces prévenances délicates que les dames employent avec tant d'habileté dans l'occasion. Dansait elle, c'était avec moi ; jouait elle,

j'étais toujours de la partie ; c'était
moi qui décidais de l'emploi de la
journée et qui lui donnais le bras
à la promenade. J'étais souvent seul
avec elle le matin dans un boudoir voluptueux ; à demi couchée
sur une chaise longue, pendant
que je lui faisais la lecture de
quelque roman nouveau bien tendre
et quelquefois bien libre, sa tête
reposait sur mes genoux, pouvais-
je ne pas succomber ?

Comment offrir aux regards
d'une jeune lectrice le tableau de
ma faiblesse, sans offenser sa pu-
deur ingénue ? Peindrai-je les transports qui m'agitaient, répéterai-je
les phrases brulantes que j'adres-
sais à la divinité du lieu, décrirai-
je la vivacité de mon attaque et

sa molle résistance ? Non, c'est déja trop d'un tableau de ce genre, et je me garderai bien d'en esquisser un second. Qu'on se rappelle où j'en étais avec la Marquise de Santa-Croce, lorsque deux coups frappés à la porte déconcertèrent mes desseins sur elle, on aura une juste idée de ma situation dans le boudoir de Paulina. Elle était dans mes bras, j'allais être coupable ; tout-à-coup j'entends ouvrir la porte secrete par où je m'introduisais dans l'appartement, je me retourne et j'apperçois .... Mr. de Valcour.

L'effroi d'un voyageur qui voit tomber la foudre à ses pieds ; celui d'un négociant à la nouvelle d'une banqueroute inattendue qui le réduit à l'aumône, ne sont rien en comparaison de celui que me fit éprouver cette apparition subite. Si la terre s'était ouverte devant moi, je me serais précipité dans ses entrailles pour me dérober aux regards de ce redoutable témoin de ma honte. Il jetta sur moi un coup d'œil sévère et ne me dit que ce mot : *Sortons*. Paulina, loin d'éprouver de la confusion d'une aventure qui la couvrait d'opprobre, se releva fièrement ; la fureur étincelait dans ses yeux et elle demanda impérieusement au général de quel droit il osait violer son azile. Il s'approcha d'elle avec le sourire du mépris, et lui dit : je sais votre histoire ; si vous pouvez encore rougir, ne me forcez pas d'en dire davantage. Elle se tut aussi-tôt et le général, lui tournant le dos, me fit signe de le suivre; j'obéis sans repliquer.

Nous arrivâmes jusqu'à son logement, sans avoir ouvert la bouche ni l'un ni l'autre. Il me fit passer dans son cabinet et rompant enfin le silence : „ Je ne veux pas, me dit-il, jouir plus long-tems de votre confusion, je m'abstiendrai même de vous faire des reproches. La jeunesse a besoin d'indulgence, elle est sujette à l'erreur, et moi-même, à votre âge, je n'en ai pas toujours été exempt ; mais, comme votre ami, je devais vous garantir de la séduction d'une femme, dont le commerce eût infailliblement corrompu vos mœurs et altéré votre santé, et, comme pere, n'avais-je pas aussi ce devoir à remplir? Vous m'avez dit que vous aimiez ma fille, je l'ai cru et je le crois encore. Je suis persuadé que votre cœur n'a point changé, et je suis bien éloigné de confondre l'amour avec l'erreur d'un moment, effet éphémère de l'effervescence des sens; mais devais-je abandonner à ses égaremens l'homme qui lui est destiné, et ne serais-je pas un mauvais pere, si, par mon insouciance, son époux ne lui apportait qu'un cœur dépravé et un corps affaissé sous le poids d'une vieillesse prématurée, fruits déplorables du libertinage. „

Je n'osais lever les yeux; tremblant et interdit, je devais ressembler à un voleur qui vient d'être

surpris la main dans le sac. L'indulgence de Mr. de Valcour me
faisait mal, elle me rappelait plus
vivement le sentiment de ma faute
que n'eût pu le faire la réprimande
la plus sévère. L'image d'Athenaïs
venait encore ajoûter à ma confusion, je comparais sa douceur, son
ingénuité, avec l'effronterie et les
manières libres de Paulina, et je
ne concevais pas comment cette
femme avait pu me faire oublier
sitôt mon amour et mes devoirs.

Allons, me dit Mr. de Valcour,
j'ai oublié le passé, faites de même,
ou si vous vous le rappelez quelquefois, que ce souvenir serve à
vous garantir de piéges semblables.
Je lui baisai la main, il me serra
dans ses bras en me disant avec

émotion : o mon ami , soyez prudent ; le libertinage à ses jouissances ,
mais il tarit la source du bonheur ;
plus les plaisirs qu'il procure sont
vifs , plus il sont courts , et le
repentir est éternel. Vous êtes peut-
être curieux ajouta-t-il , de connaître les aventures de votre maitresse et d'apprendre par quel moyen
j'ai découvert vos liaisons avec
elle, je vais vous mettre au fait.

» Paulina doit le jour à des
parens riches et considérés dans
le Mantouan. Elle perdit fort jeune
son pere et sa mere et se retira à
Venise avec une sœur qu'elle avait,
là elles se laissèrent entrainer dans
le tourbillon des plaisirs. Elles étaient
belles , aussi ne manquèrent elles
pas d'adorateurs, et leur maison

fut bientôt le rendez-vous de la jeunesse vénitienne. Cependant, dans ces premiers tems, si leur conduite ne fut pas tout-à-fait ex- empte de blâme, au moins on n'eut à leur reprocher que de la légèreté, et des imprudences. Un tuteur, homme de plaisir mais ennemi du désordre, surveillait toutes leurs ac- tions et les empêchait de se livrer au libertinage. La sœur de Paulina fit la conquête d'un noble étranger et le suivit dans sa patrie ; Pau- lina réunit alors sur elle seule les hommages qu'elle partageait aupa- ravant avec son aînée.

Les choses restèrent en cet état jusqu'à la mort du tuteur qui a- riva quelque tems après. Débarasée d'un surveillant d'autant plus incomode qu'il était au fait de toutes les ruses des galans, elle se livra sans réserve à son goût pour les plaisirs et bientôt ne connut plus de frein. Le fils d'un sénateur en devint éperduement amoureux et la rechercha en mariage, mais les parensquiconnaissaientles désordres de sa maîtresse, mirent obstacle à leur union. Le jeune homme, égaré par la passion, loin de céder aux remontrances de son père, engagea Paulina à s'unir à lui par un mariage secret. Elle y consentit, moins peut-être par amour pour lui, que pour se venger de sa famille, mais le sénateur fut averti à tems de leur projet ; il enleva de nuit la belle éplorée, la conduisit hors des états de la république et la prévint qu'il la ferait enfermer pour le reste de ses jours, si elle osait reparaître à Venise. On fit embarquer le jeune homme et il oublia dans ses voyages qu'il y eût au monde une Paulina ; de son côté, elle perdit bientôt le souvenir de cette aventure et donna dans tous les excès.

Depuis cette époque elle parcourt l'Italie. Lorsqu'un jeune homme lui plait elle s'attache à le séduire, et s'il répond à ses avances, elle ne le fait pas languir long-tems. Je tiens ces détails d'une personne digne de foi, qui l'a connue à Venise, et ce qui me reste à vous raconter m'a été confié par un jeune homme qui a été mon aide de camp pendant 2 ans, et qui a été victime de son amour pour cette femme.

Mr. Danzel joignait à une éducation soignée, une figure agréable et des manières distinguées, il la vit à Milan, où nous étions en garnison, et s'attacha à lui plaire. Il n'eut pas de peine à y réussir et il fut bientôt l'amant en titre. Hélas ! Il paya bien cher les faveurs de cette Syrenne. Il perdit en peu de tems son tempérament, et pour comble de malheur, elle lui communiqua le germe d'une maladie bien commune de nos jours, sur-tout en Italie. Il lui reprocha la perte de sa santé, elle n'en fit que rire, il se fâcha, elle le consigna à sa porte. Cette aventure fit du bruit et elle en eût sans doute été la dupe, si elle n'eût pris le parti de disparaître ; elle fut s'établir ailleurs et on l'oublia. Le malheureux Danzel demanda un congé et retourna dans sa famille ; il fut long - tems entre la vie et la mort, maintenant il est hors de danger, mais sa constitution est ébranlée, sa santé est chancelante, il a vieilli avant le tems et traine une existence à charge à lui-même et aux autres.

Il vous reste à savoir comment j'ai appris ses desseins sur vous et quel moyen j'ai employé pour parvenir jusqu'au boudoir de Paulina ; tout cela est l'ouvrage de Pedro. Il avait remarqué votre empressement à l'accompagner par-tout, et cette assiduité lui déplut. Il observa

toutes vos démarches et, persuadé
que ses soupçons étaient fondés,
il vint m'en faire part, et me demanda pardon d'avoir servi votre
amour pour Athenaïs ; je lui demandai des éclaircissemens, il m'apprit tout ce qu'il savait, et s'appercevant que je désirais connaître
par mes propres yeux jusqu'à quel
point vous étiez coupable, il n'é-
pargna rien pour se procurer une
clef de la porte secrete, par où il
vous avait vu plusieurs fois entrer
chez elle ; vous devinez le reste.

CHAPITRE XXVII.

Inquiétudes. --- Bonnes et mauvaises nouvelles. --- Arrivée de quelques-uns des principaux personnages de cette histoire.

MON cher ami, me dit Mr. de Valcour, lorsqu'il eut terminé son récit, je prévois que vous passerez encore par bien des épreuves avant d'être mon gendre. J'ai appris, par un agent que j'ai à Valladolid, que votre pere a quitté cette ville et a pris la route de France ; il a quelque projet en tête et ce projet doit avoir pour objet ma fille, ou l'un de nous, nous allons en-

core une fois jouer au plus fin.
Comme il n'eût pas été prudent
de laisser mon épouse et ma fille
exposées sans défense aux coups
de l'ennemi, aussi-tôt que j'ai eu
reçu cette nouvelle, je leur ai mandé
de venir nous rejoindre, et je les
attends pour demain ou après demain. M'annoncer l'arrivée d'Athenaïs, c'était m'annoncer le bonheur, mais les projets de mon pere,
dont on m'instruisait en même
tems, étaient bien faits pour calmer ma joie. Mr. de Valcour,
voyant l'inquiétude peinte sur mon
visage, essaya de me rassurer, en
me disant : soyez tranquille, le
Comte est un rude joueur, mais
il ne gagne avec moi que la première partie, quittez cet air sombre

et redevenez français, la phisionomie Espagnole ne vous va pas
du tout; à ces mots, il me quitta
et je restai seul, en proye à mes
réflexions.

Pedro entra un instant après dans
l'appartement et sa présence fit di-
version à ma douleur. Ce n'était
qu'un valet, mais, un valet de cette
trempe était respectable à mes yeux
et je ne voulais pas qu'il conservât
plus long-tems la mauvaise opinion
qu'il avait conçue de moi. Je lui
avouai mes fautes sans déguisement
et le bon serviteur s'attendrit en
voyant mon repentir et mes regrets.
-Ah! mon cher maître, me dit-il,
pardon; si j'ai été assez téméraire
pour épier vos démarches, je n'a-
vais en vue que votre félicité et

celle de ma jeune maitresse; elle est si bonne, cette chère demoiselle! Ce serait un crime de la tromper. Je l'assurai de ma reconnaissance pour le nouveau service qu'il m'avait rendu et, l'ayant congédié, je m'occupai à expédier les dépêches.

J'avais à peine fini lorsqu'il rentra, hors d'haleine. Le général, me dit-il, vient d'être averti que M. le Comte a pris la route d'Italie et qu'il suit de près la voiture qui porte M.e et M.lle de Valcour, il est parti sur le champ pour aller à leur rencontre, avec une escorte; il m'a chargé de vous recommander de ne point sortir pendant son absence. Nouveau sujet d'inquiétude, nouvelle contrariété. Que ne pouvais-je voler à la défense de mon amie! Mais, hélas! Quelles armes opposer à un pere? Mes prières, mes larmes, celles de mon Athenaïs. Aurait-il pu voir sans pitié mon désespoir et sa douleur? Oh oui, je le connais, rien n'eût été capable de l'émouvoir. Dans cette situation pénible je ne pus me résoudre à me mettre au lit, et j'engageai Pedro à me tenir compagnie. Nous passâmes la nuit, moi à me plaindre du sort qui semblait s'attacher à me persécuter, et lui à me consoler et à me rassurer sur l'avenir qui m'attendait.

Le soleil brillait depuis une heure sur l'horison, et rien n'annonçait le retour de Mr. de Valcour. Vingt fois je mis la tête à la fenêtre, vingt fois je fus tenté d'enfreindre l'ordre que j'avais reçu; et sans les remontrances continuelles de Pedro, je n'aurais pu résister à mon impatience. Enfin j'entends claquer un fouet et l'espoir rentre dans mon cœur; je saute les marches quatre à quatre, je me précipite à travers les chevaux qui remplissent la cour, et je suis près d'Athenaïs. Je ne répéterai pas tout ce que nous nous dîmes dans ce premier moment, le lecteur n'est peut-être pas amoureux et je craindrais de l'ennuyer.

Attention, dit le général, l'ennemi approche; du sang-froid, de la prudence, et nous déconcerterons ses plans. L'avis était fort bon sans doute, mais que peuvent le sang-froid et la prudence contre la volonté d'un pere ? Si le Comte, pensais-je en moi-même, m'ordonne de me rendre près de lui, pourrai-je lui résister sans crime, et ne suffit-il pas qu'il me fasse prévenir de son arrivée pour que je sois obligé d'aller lui rendre mes devoirs ; alors qui l'empêchera de s'emparer de moi ? Je fis part de mes réflexions à la société, mais Mr. de Valcour ne fit qu'en rire. Il serait à souhaiter, dit-il, que le Comte n'eût pas à sa disposition d'autre expédient que celui-là. S'emparer de vous ! Non, non, son pouvoir ne s'étend pas jusque là ; vous êtes militaire français, et s'il osait violer le caractère dont vous êtes revêtu, il serait bientôt signalé sur toutes les routes et obligé de lâcher sa proye, il n'y a rien à craindre pour nous, si c'est là son plan d'attaque.

La journée se passa en discours semblables, il eût été bien plus doux de la consacrer à l'amour!

CHAPITRE XXVIII.

*Enlèvement d'un nouveau genre.
— La Marquise reparaît sur la
scène. — Emprisonnement.*

PENDANT trois jours, nous
jouîmes d'une tranquillité parfaite,
mais dans la nuit du quatrième je
fut réveillé d'une manière fort dé-
sagréable. J'étais légèrement assou-
pi, un songe agréable berçait mon
imagination, lorsque mes draps et
ma couverture furent arrachés brus-
quement. Deux hommes se jettèrent
en même tems sur moi, je voulus
crier mais ils me comprimèrent fortement la bouche avec un mouchoir

et l'un d'eux, m'appuyant le bout d'un pistolet sur la poitrine, me dit à voix basse : *point de résistance, ou vous êtes mort.* Convaincu de l'impuissance ou j'étais d'échapper de leurs mains, je me laissai enlever de mon lit. Ils me firent entrer dans un sac qu'ils me serrèrent sous le menton, au moyen d'une coulisse, et m'ayant porté jusqu'en dehors de la croisée, ils me poussèrent de toutes leurs forces. Je traversai avec rapidité une partie de la cour de l'hôtel, suspendu en l'air sans savoir par quel moyen, et tombai de l'autre côté du mur, entre les bras de deux autres hommes, qui me placèrent dans une voiture et firent partir les chevaux au grand galop.

Au bout de deux heures environ, la voiture s'arrêta à l'entrée
d'un bois ; mes conducteurs me
débarassèrent alors du sac dans
lequel j'étais renfermé, et, me
prenant chacun par un bras, m'en-
trainèreut dans un sentier étroit
et tortueux. J'arrivai, ainsi escorté,
vers la pointe du jour, à la porte
d'un vieux château, qui paraissait
enseveli au milieu des arbres et
des rochers qui l'entouraient. Je
fus reçu par mon pere, dans la
première cour ; je l'embrassai avec
toute l'ardeur d'un fils tendre et
respectueux ; mais je ne pus m'empêcher de me plaindre à lui de la
violence qu'on m'avait faite. Il
m'observa que le général aurait
pu me retenir s'il se fût apperçu

que j'eusse le dessein de venir le trouver. Mr. de Valcour, lui répondis - je, savait depuis plus de huit jours que vous étiez sur le point d'arriver en Italie, et loin de chercher à me détourner de mes devoirs, il a été le premier à m'exhorter à les remplir. Il fit un geste de dépit, en entendant cette réponse. Sentait-il la petitesse de ses moyens près de ceux d'un homme, qui semblait vouloir me retenir sans efforts, était-il humilié d'avoir rusé inutilement? Pour moi, je crois qu'il éprouvait à la fois ces deux contrariétés. Il me conduisit dans une salle basse, et là, après avoir satisfait à toutes mes questions sur sa santé et sur celle de ma mere, il entra en ma-

tière. » A peine, me dit mon pere,
m'eûtes vous été enlevé par la plus
noire des trahisons, que je formai
le projet de vous arracher des
mains de mon ennemi, mais j'en
fut d'abord empêché par la guerre
qui désolait l'Espagne et qui in-
terrompait ses relations avec la
France. Entreprendre une expédition semblable dans ce tems malheureux, c'eût été m'exposer à une
perte certaine, sans espoir de réussir. Valcour m'offrait de lui-même
les moyens d'adoucir votre captivité,
je consentis à tout, cependant je
voyais avec chagrin que je lui serais redevable d'un service, en souf-
frant qu'il se chargeât de déployer
vos moyens naturels, déja perfec-
tionnés par l'éducation. L'intérêt de

votre sûreté reprima ce mouvement d'un noble orgueil ; j'accédai à sa proposition , bien décidé à n'en durer cette humiliation qu'autant de tems qu'il me serait impossible de la faire cesser. Néanmoins je n'étais pas sans inquiétude ; Valcour avait une fille à qui il ne manquait pour être aimable que d'avoir un autre pere et je craignais qu'il ne fit servir ses charmes naissans à vous attacher à lui sans retour , au dépens de votre honneur et de vos devoirs. L'éducation que vous aviez reçue me rassura ; je repassai dans mon esprit les principes que je vous avais in- culqué , et je demeurai persuadé que vous ne sacrifieriez pas votre pere à la vengeance de son ennemi. Un autre motif contribua à me tranquilliser; j'avais vu avec plaisir vos relations d'amitié avec madame de Santa-Croce, j'avais remarqué votre assiduité à lui faire la cour, et je ne doutai pas que vous n'eussiez éprouvé pour elle un sentiment plus vif. En effet, j'acquis bientôt la certitude de votre tendresse mutuelle et je résolus de couronner votre amour.

Dans cet intervalle, les succès multipliés des français avaient forcé l'Espagne à accepter la paix, mais l'état d'anarchie qui désolait la nouvelle république me forçait d'ajourner l'exécution de mes projets ; pour comble de malheur, je tombai malade et je fus long-tems à me rétablir. Enfin les secours de l'art et le désir de rompre vos fers hâtèrent ma convalescence, et je fis tout préparer pour mon départ. Madame de Santa-Croce, désirant profiter de cette occasion, pour visiter sa famille originaire de ce pays, offrit de m'accompagner ; j'acceptai sa proposition avec transport. Si, comme je n'en doute pas, me disais-je intérieurement, je retrouve mon fils digne de moi, outre le plaisir que j'éprouverai en lui donnant une épouse de son choix, j'aurai celui d'humilier mon ennemi, en formant cette alliance presque sous ses yeux. Enfin nous sommes arrivés depuis trois jours, et le premier succès que je viens d'obtenir est un présage de l'heureuse issue de mon entreprise. »

Mon pere eût pu parler un jour
entier sans que j'eusse été tenté
de l'interrompre. Il m'en coûtait
beaucoup d'être obligé de le dé-
tromper; j'étais péniblement affecté
du chagrin mortel que j'allais cau-
ser à un homme à qui je devais
tant; cependant il gardait le silence
et attendait ma réponse. Devais-je
m'immoler à sa volonté et immoler
la Marquise elle-même, en m'unis-
sant à elle lorsque mon cœur était
tout entier à un autre? C'eût été
commettre un crime, je pris donc le
parti d'ouvrir mon cœur au Comte
et d'essayer de le fléchir. Je lui fis
part des généreux procédés de Mr.
de Valcour à mon égard, et de
son empressement à saisir toutes les
occasions de me faire avancer dans

la carrière qu'il m'avait ouverte ; je lui protestai que je n'avais jamais éprouvé d'amour pour la Marquise, qu'à la vérité elle m'avait inspiré des desirs et des transports qui m'avaient trompé sur le véritable état de mon cœur, mais que la vue d'Athenaïs m'avait désabusé ; je parlai des charmes et des vertus de mon amante en homme passionné, et je finis par le supplier à genoux de se prêter à une reconciliation que Mr. de Valcour desirait ardemment et dont il ferait volontiers les avances.

A peine me laissa-t-il le tems d'achever ma harangue. La colère dont il était transporté l'avait d'abord rendu muet, mais revenu de sa surprise, il m'accabla de re-

proches., me. traita de fils ingrat
et dénaturé , m'accusa de m'entendre avec ses ennemis pour l'ou-
trager ; et après m'avoir gratifié
des épithetes les plus injurieuses,
il sortit et ferma la porte à double
tour, en jurant que de gré ou de
force j'épouserais la Marquise.

Je ne manquai de rien dans ma
prison, je fus même servi assez
délicatement , mais j'étais privé
du premier des biens, la liberté.
O ! Ma bien aimée, quel était
alors ton inquiétude sur le sort
de ton amant ! Quel dut être ton
effroi lorsque tu ne le vis pas paraître à l'heure accoutumée ! Ah !
Si, comme l'a dit un auteur mo-
derne, c'est un véritable bonheur
que de savoir jusqu'à quel point on

est malheureux, j'étais moins à plaindre que toi.

Le lendemain de mon arresta-tion, mon pere entra dès le matin dans ma chambre, conduisant par la main la Marquise magnifiquement parée. Venez, madame, lui dit-il en entrant, venez m'aider à domp-ter un fils rebelle qui méconnait mon autorité. J'étais assis dans un fauteuil, la tête appuyée sur une de mes mains ; la Marquise vint s'asseoir auprès de moi, et après m'avoir peint l'inquiétude et la douleur qu'elle avait éprouvées, à la nouvelle de mon départ d'Es-pagne, elle me rappela ma pre-mière déclaration, et le serment que j'avais fait de l'aimer toujours ; cruel jeune homme, ajouta-t-elle,

n'as-tu donc éveillé dans mon cœur le sentiment de l'amour, que pour empoisonner mon existence, en m'abandonnant sans pitié.

J'étais dans un cruel embarras. Mon dessein était d'ouvrir mon cœur à la Marquise et de la convaincre de l'inutilité de ses démarches, sans blesser son amour-propre ; la tâche était difficile et je ne savais par où commencer. Belle Marquise, lui dis-je enfin, je déteste bien sincérement mes torts envers vous, je me repens amêrement d'une erreur qui trouble votre repos et le mien, sans doute les charmes séduisans dont vous êtes ornée doivent enflamer tous les cœurs ; mais plaignez moi et ne me haïssez pas ; si je vous ai trompée, je me trompais moi-même, j'en suis cruellement puni. Chassez de votre cœur un infortuné qui ne peut plus être à vous, vous trouverez facilement un amant plus digne que moi de vous posséder, belle comme vous êtes, vous n'aurez que l'embarras du choix; pour moi, mon cœur est tout entier à une autre et je ne pourrais sans crime accepter le bonheur que vous m'offrez.

» Ingrat, s'écria-t-elle en se levant avec fureur, crois-tu que je puisse comme toi transporter à un autre la tendresse que tu m'avais inspirée? Crois-tu que je te verrai tranquillement passer dans les bras de mon heureuse rivale? Ne l'espère pas, tu te tromperais étran-

gement. Non, je ne serai jamais
à toi, mais ta nouvelle maitresse
ne jouira pas de ma honte et de
mon désespoir. Toute entière à ma
vengeance, je la poursuivrai sans
relâche, et tôt ou tard elle périra
sous mes coups. Tu ne sais pas
encore à quels excès peut se porter une femme outragée, tu l'ap-
prendras bientôt. ,, L'épuisement
la força d'interrompre ses exclama-
tions, et mon pere prit la parole,
pour m'accabler à son tour ; il
termina sa harangue en jurant
qu'il ne donnerait jamais son consentement à mon union avec Athenaïs. Je répondis que je ne forme-
rais jamais des nœuds qu'il n'aurait
pas autorisé ; je sais, ajoûtai-je res-
pectueusement mais avec fermeté,

quels sont mes devoirs envers vous, et quelques rigoureux qu'ils soient, je saurai les remplir; mais, n'espérez pas me contraindre à donner ma main sans mon cœur, si je ne suis pas l'époux d'Athenaïs je ne serai celui d'aucune femme; ils ne m'entendaient plus, ils étaient déja loin.

Resté seul, je me livrai à mon désespoir. Les dernières paroles de la Marquise retentissaient encore dans mon cœur et me glaçaient d'effroi. Il me semblait voir Athenaïs sous le poignard de son ennemie, je l'entendais implorer mon secours et je n'étais pas là pour la défendre! O funestes conséquences d'un instant d'erreur! Fatale imprudence, que je te payai cher alors!

CHAPITRE XXIX.

*Désespoir. -- Songe. -- Confidence.
-- Evasion. -- Intrigues. -- Ruses.
-- Accidens. -- Complots.*

DÉJA deux jours et deux nuits
s'étaient passés, sans apporter aucun changement à ma situation.
Le matin du troisième jour le désespoir s'empara de moi ; dans ma
fureur, je brisai tous les meubles
de ma prison, j'essayai aussi d'é-
branler les barreaux de fer des
croisées, et après avoir fait d'inutiles efforts pour y réussir, je
tombai sans forces sur le plancher.
Etendu sans mouvement au milieu

des débris des chaises et des tables,
j'attendais dans une affreuse anxiété
la nouvelle de la perte d'Athenaïs
et mon arrêt de mort, car j'étais
bien déterminé à ne pas lui survivre.
Pour la première fois, depuis mon
entrée dans cette odieuse maison,
je m'étais laissé vaincre par le so-
meil, si l'on peut donner ce nom
à un affaissement produit par l'é-
puisement total de mes facultés.
L'idée des dangers que courait mon
amante me poursuivait encore dans
mes songes. Tantôt je la voyais
haletante et échevellée, se débattre
dans les bras de sa redoutable rivale, qui le poignard à la main
s'efforçait de lui percer le cœur,
tantôt je l'entendais implorer mon
secours du fond d'un cachôt dans

lequel elle était renfermée et dont je cherchais vainement l'issue ; une sueur froide coulait de tous mes pores et mon corps était en convulsion. Tout-à-coup ma porte s'ouvre, le bruit qu'elle fait en roulant sur ses gonds, me réveille en sursaut, et j'apperçois l'homme chargé de ma garde. A sa vue, je sens renaître mes forces avec ma rage, je lui saute à la gorge et ce n'est qu'avec beaucoup de peine qu'il se dégage de mes mains ; mais c'était le dernier effort de la nature épuisée, et je retombai bientôt sur le parquet.

,, Monsieur, me dit cet homme, prenez courage, loin d'être votre ennemi, je viens vous rendre à la liberté. Lorsque je me chargeai du soin de vous surveiller, je ne connaissais pas les desseins et le caractère de votre abominable persécutrice, ce n'est que depuis deux jours que j'ai soupçonné la vérité, et l'affreuse commission dont elle ma chargé ce matin a achevé de m'ouvrir les yeux : en un mot je suis envoyé pour vous assassiner. J'ai accepté cette odieuse fonction, dans la crainte que quelque autre ne s'en chargeât, et ne me fit perdre l'occasion de réparer mes torts envers vous. „ Je lui demandai en tremblant des nouvelles d'A-thenaïs; il ne put m'en apprendre aucune. L'espoir d'arriver assez-tôt pour l'arracher à la mort ranima mon courage et je consentis à suivre mon sauveur; nous montâmes sur des chevaux qu'il tira des écuries

(109)

du château, et nous prîmes à la
hâte le chemin de la ville.

On croira sans peine que j'étais
pressé d'arriver et que je ne ména-
geai guere ma monture. Dans l'in-
certitude ou j'étais, je brulais d'é-
claircir mon sort, et si le lecteur
prend quelque intérêt à ma belle
maitresse et à son malheureux
amant, il doit partager mon impatience. Cependant, avant de la satisfaire, il faut que je rende compte
des événemens survenus à Padoue,
avant et depuis ma disparution.

On se rappelle peut-être encore
que la Marquise, en témoignant à
mon pere le desir de l'accompagner
en Italie, avait pris pour prétexte
une visite à sa famille. Cette famille
n'était composée que d'une personne

et cette personne n'était autre que sa sœur, Paulina, dont elle n'avait plus entendu parler depuis son départ avec le Marquis de Santa-Croce. Les deux sœurs se firent des confidences et la Marquise apprenant mon aventure avec Paulina, ne douta pas qu'elle n'eût trouvé en elle une auxiliaire puissante ; en effet, elle montra beaucoup d'empressement à entrer dans la coalition. Elles tinrent un conseil, auquel mon pere fut admis. Il fut arrêté, sur l'avis de Paulina, que le Comte et la Marquise resteraient sous le rideau et qu'elle seule, dont on ignorait les relations avec les conjurés, se chargerait des coups d'éclat, tels qu'enlèvemens, etc.

Ce point arrêté, elle mit sur le champ la main à l'œuvre. Le propriétaire de l'hôtel que nous habitions à Padoue, s'était retiré à Venise, à l'approche de l'armée Française, et avait confié sa maison aux soins d'un concierge. Paulina essaya d'abord de l'attirer dans son parti, mais, l'ayant trouvé incorruptible, elle tourna ses vues d'un autre côté. Elle prit de toutes parts des informations, et ayant appris que cet homme avait deux freres, qui demeuraient ensemble à quelques lieues de la ville, et à peu de distance du château de Val-Negro, qui lui appartenait, elle les fit venir, leur fit quelques présens, et après s'être assurée de leurs dispositions à la servir et de leur discrétion, elle leur confia une partie de ses desseins. Il fut convenu qu'ils iraient faire une visite à leur frere, qu'ils feraient ensorte de passer la nuit à l'hôtel, et que cette nuit là même on mettrait le plan à exécution.

Les deux Italiens ne voulaient pas se compromettre avec leur frere, ce qui n'eût pas manqué d'arriver, s'il se fût apperçu de leur dessein et de leur complicité. Il était à craindre que, s'ils quittaient l'hôtel dans la nuit de mon arrestation, on ne les accusât d'y avoir pris part; il fallut donc trouver un moyen qui les mit à couvert. On ne pouvait m'enlever que du côté des écuries dont les murs s'étendaient le long d'une rue détournée, et l'exécution n'était pas sans difficultés, même de ce côté, parce que les bâtimens adjacens étaient habités par les gens de Mr. Valcour, et que le

moindre bruit pouvait tout décou-
vrir. Le génie inventif de Paulina
eut bientôt applani toutes les difficultés.

Elle savait que j'occupais au second étage une chambre dont les
fenêtres étaient en face des écuries ;
elle établit son plan la-dessus. Il fut
convenu que les deux freres s'assu-
reraient d'une échelle pour escalader
une de mes croisées, qu'on leur ferait passer le soir par-dessus le mur
un cable, dont ils pourraient, au moment de l'exécution, fixer une des
extrémités à la fenêtre, au moyen
d'un crampon qu'on aurait soin d'y
attacher d'avance. L'autre bout de
la corde devait rester de l'autre côté
de la muraille, et deux hommes apos-
tés à cet effet devaient la tendre à

l'heure convenue, et l'enlever après l'affaire faite, pour ne laisser aucune trace de violence. Paulina remit à ses confidens un sac dans lequel ils devaient me renfermer et qui était surmonté d'une poulie, sans laquelle il eût été impossible de me faire glisser le long du cable, assez rapidement pour ne pas courir le danger d'être surpris. La muraille était assez basse et la pente de ma fenêtre assez considérable, pour qu'il fût possible de me faire arriver sans bruit et sans accident jusqu'à la voiture. On sait qu'elle fut l'issue de leur entreprise ; lorsqu'elle fut terminée, les deux freres repassèrent la corde par-dessus le mur, remirent l'échelle à sa place, et furent se coucher tranquillement.

Aussi-tôt qu'on s'apperçut de mon absence à l'hôtel, le général ne douta pas que je n'eusse été enlevé ; il avait trop de confiance en moi pour me soupçonner de l'avoir abandonné volontairement. Il interrogea le concierge qui ne put l'instruire de rien, et ses freres jouèrent si bien l'étonnement et l'innocence, qu'il ne les soupçonna même pas. Mon signalement fut envoyé sur toutes les routes du pays occupé par l'armée française, avec promesse de récompense pour celui qui donnerait de mes nouvelles. Mr. de Valcour écrivit au général D....., pour qu'il prît les mêmes mesures sur les frontières d'Espagne, qu'il occupait avec sa division depuis que la paix était conclue avec cette puissance, et ne doutant pas que mon pere n'eût aussi des desseins sur sa fille, il fit dresser son lit près du sien et ne la perdit pas de vue un instant; Pedro fut envoyé à la découverte, et il se chargea de surveiller toutes les démarches du Comte. Il n'était pas difficile de le trouver; il occupait un hôtel situé au milieu de la ville, d'où il semblait défier l'œil vigilant de ceux qu'il appelait ses ennemis.

Depuis mon départ d'Espagne, mon pere détestait Pedro plus fortement, s'il était possible, que le général lui-même; il avait juré sa perte, et peu s'en fallut qu'il ne le sacrifiât à sa vengeance. Le lendemain de mon entrevue avec la

Marquise, le Comte voulut faire un dernier effort pour vaincre ma résistance; il monta à cheval, sur le soir, pour se rendre au Val-Negro. Pedro, le voyant sortir, le suivit de loin, mais il n'échappa pas à l'œil défiant du Comte; il continua cependant sa route au petit pas de son cheval, sans paraître faire attention à lui, jusqu'à ce qu'ils fussent à quelque distance de la ville; alors le voyant dans l'impossibilité de lui échapper, il tourna bride et poussa son cheval au galop. Il l'eut bientôt rejoint, et, le reconnaissant pour mon ancien valet de chambre, il lui lâcha un coup de pistolet presqu'à bout portant. Heureusement pour Pedro, le cheval fit un mouve-

ment de côté, et il en fut quitte
pour la moitié d'une oreille et
une mêche de cheveux.

Il était écrit dans le livre du
destin que le Comte ne réussirait
dans aucun de ses projets. Son
cheval, effrayé par la détonation
de l'arme à feu, se cabra et le
jetta dans un fossé qui bordait la
route. Le bon Pedro, revenu de
la première surprise, courut, malgré
la douleur que lui causait sa blessure, offrir des secours à son agres-
seur. Le Comte enrageait dans
son âme, il fut néanmoins obligé
d'accepter, la douleur qu'il éprouvait le mettant dans l'impossibilité
de sortir seul du fossé et de re-
monter à cheval. Pedro se mit
aussi-tôt en devoir de ramener

l'animal ; il ne lui fut pas difficile de le rejoindre, il ne s'était pas plutôt senti déchargé du poids de son cavalier qu'il s'était mis à paître tranquillement le long du chemin. Il offrit au Comte de le conduire jusqu'à son hôtel, mais il fut refusé sèchement et chacun s'en retourna de son côté.

Pendant ce tems là, la Marquise furieuse de l'affront fait à ses charmes, exhalait seule sa rage à l'extrémité de Padoue ; la jalousie, la haine et la vengeance déchiraient son cœur et lui suggeraient les plus noirs desseins. Incapable de résister long-tems aux transports qui l'agitaient, elle chargea un de ses domestiques qui me servait de geolier et qui avait toute sa confiance, de la débarasser de moi par le fer ou le poison; on a vu comment il s'est acquitté de sa commission. Mais ma mort ne suffisait pas pour appaiser son ressentiment, il lui fallait encore du sang, et ce fut Paulina qu'elle chargea de le verser; elle lui écrivit à cet effet la lettre suivante :

CHERE PAULINA,

J'ai essuyé le refus le plus humiliant; ni mes attraits ni mes larmes n'ont pu toucher le cœur de l'infidèle Ambrosio. La haine a remplacé dans mon âme l'amour ardent qu'il m'avait inspiré, sa dernière heure sonne, il va périr. Que ne puis-je moi-même percer le cœur du perfide! Mais je pourrais me laisser attendrir, je pourrais pardonner, et je veux être vengée, je le serai bientôt et je jouis déja de mon triomphe; mais il me faut encore une victime, et c'est à ma sœur qu'il appartient de l'immoler. Et toi aussi, ma Paulina, tu fus outragée! L'odieuse Athenaïs fut l'unique cause de nos affronts, elle doit partager le sort de son fidèle amant. Vengeance! Vengeance!

P. S. Le nommé Guiellemi, ci-devant Lazaroni, à Naples, est l'homme qu'il nous faut pour ce coup de main, il demeure rue de Milan, n.° 3. Concerte toi avec lui, n'épargne ni l'or ni les promesses; sur-tout que tout soit terminé aujourd'hui. Ma voiture nous attend hors de la porte de Vicence, et nous serons déja loin qu'on ne nous soupçonnera pas encore.

Toute à toi ma Paulina.

E.... Marquise de Santa-Croce.

CHAPITRE XXX.

Dénonciation. -- Retour à Padoue. --- Mesures de police.

PAULINA était libertine, mais elle n'était pas cruelle. Née avec une imagination exaltée et des sens prompts à s'enflamer, la seule vue d'un jeune homme la mettait en feu, et elle ne s'était prêtée à seconder les projets de la Marquise que dans l'espoir de renouer son aventure avec moi où elle en était restée. Elle se promettait d'avance une jouissance délicieuse, dans la possession momentanée de l'homme destiné à sa sœur ; quant à l'enlèvement d'A-

6

thenaïs, elle n'avait dessein, en contribuant à son exécution, que de donner de l'inquiétude à son pere, pour se venger *du tour qu'il lui avait joué.*

La lettre de la Marquise la fit frémir d'horreur ; l'idée d'un assassinat révolta son cœur et elle résolut de le prévenir s'il en était encore tems. Cependant la crainte de compromettre sa sœur la fit balancer un instant ; mais la réputation de bonté de Mr. de Valcour la rassura sur les suites de sa dénonciation ; elle fit mettre les chevaux à sa voiture et se rendit au quartier-général.

Après avoir reçu de Mr. de Valcour l'assurance formelle que la Marquise ne serait point inquiétée, elle lui dévoila tout le complot et lui remit la lettre qu'elle venait de recevoir, pour qu'il en fit l'usage qui lui paraitrait convenable. Le général frémit en apprenant le danger que je courais, il remercia Paulina et sans perdre de tems il prit la route du Val-Negro, à la tête d'une vingtaine de dragons.

Nous courions à la rencontre l'un de l'autre, nous ne pouvions manquer de nous rejoindre bientôt. Le général me tendit les bras d'aussi loin qu'il m'apperçut, je répondis à ce signal et, au bout d'un instant, j'oubliai, dans les bras de mon ami, mes peines et les dangers auxquels je venais d'échapper.

Nous retournâmes ensemble au quartier-général. Pendant la route je demandai des nouvelles de ma bien aimée, son pere m'assura qu'il ne lui était rien arrivé, mais il ne put me dissimuler que mon absence, qu'on n'avait pu lui cacher, ne lui eût causé de vives alarmes; il m'avoua même qu'elle gardait le lit depuis deux jours, mais il n'y a pas de doute, ajouta-t-il, que votre retour ne la guérisse de tous ses maux.

Aussi-tôt que nous fûmes arrivés, le général me conduisit à sa chambre, Athénaïs tressaillit en m'appercevant; je me jettai à génoux près de son lit et baignai de mes larmes la main qu'elle me tendit.

Le danger était passé, mais nous n'étions pas encore arrivé au terme de nos peines ; il fallait désabuser mon pere, l'amener à une reconciliation, et les événemens qui venaient de se passer pouvaient nous servir admirablement dans ce dessein. La présence de la Marquise nous était nécessaire, il nous fallait de fortes preuves, car mon pere n'était pas homme à nous croire sur parole, et il était essentiel de s'emparer d'elle pour la forcer à confesser elle-même ses crimes. A cet effet, le général envoya des détachemens sur toutes les routes, avec ordre de s'emparer de sa personne, et Pedro, malgré sa blessure, se mit à la tête de celui qui était chargé de surveiller la porte de Vicence, où elle avait donné rendez-vous à sa complice. Paulina, à la prière de Mr. de Valcour, consentit à occuper un appartement au quartier-général, jusqu'à la conclusion de cette affaire; son témoignage pouvait nous être utile, et nous n'avions garde de la laisser échapper. Retournons maintenant à la Marquise, et voyons à quoi elle s'occupait pendant ce tems là.

CHAPITRE XXXI.

Inquiétudes. -- Défiance. -- Nouveau crime.

APRÈS avoir fait partir sa lettre, la Marquise se sentit plus tranquille ; cependant, incertaine si ses agens exécuteraient fidèlement ses ordres, elle n'était pas sans inquiétude. Ce fut sans doute pour s'en assurer qu'elle prit la résolution de se faire conduire au Val - Negro, peut - être aussi voulait-elle rassasier ses yeux du spectacle sanglant qu'elle avait ordonné ; quoiqu'il en soit, elle fit mettre les chevaux à sa voiture et se rendit au château, où elle

6 *

arriva une heure après mon départ. Elle trouva les portes ouvertes
et ayant pénétré jusqu'à ma prison
elle put contempler à son aise le
désordre de l'appartement. Elle vit
des meubles brisés, une tapisserie
en lambeaux, mais pas une trace
de sang, ni rien qui indiquât qu'il
en eût coulé. Elle parcourut toute
la maison, le plus profond silence
régnait par-tout; elle appela son
agent, l'écho seul répondit à ses
cris. Elle craignit alors d'avoir été
trahie et songea à se mettre en
sûreté par une prompte fuite. Elle
reprit à la hâte la route de Padoue
et à peine fut-elle arrivée à l'hôtel, qu'elle donna à ses domestiques l'ordre d'emballer ses effets
les plus précieux, et de se préparer à partir.

En arrivant au quartier-général, j'avais recommandé à Zelico, (c'était le nom de mon libérateur), de ne point sortir jusqu'à la conclusion de toute cette affaire, il me l'avait promis, mais le malheureux ne tint pas parole. Il avait bien l'intention de ne pas s'exposer, mais ses effets, ses petites économies, tout cela était chez la Marquise, et la crainte de perdre ce qui lui appartenait lui fit commettre une imprudence qu'il paya bien cher.

Aussi-tôt que je l'eus quitté il courut à l'hôtel, et apprenant que sa maîtresse était sortie, il alla promptement à sa chambre, rassembla ses nipes et, son paquet sous un bras, sa cassette sous l'autre, il redescendit aussi vite qu'il était monté, tout joyeux d'avoir si bien réussi.

La Marquise, de retour du Val-Negro, était descendue de voiture et elle se présenta pour entrer, au moment où Zelico allait sortir. Il se rangea derrière la rampe, espérant se dérober à sa vue, mais il était trop tard; elle l'avait apperçu, et avait deviné sans peine son intention. Elle feignit de ne rien savoir, et l'abordant avec un visage riant, elle lui demanda avec douceur, s'il s'était acquitté de la commission dont elle l'avait chargé. Le malheureux, tout interdit, répondit en tremblant qu'oui; alors elle lui ordonna d'entrer dans son cabinet pour lui

raconter comment les choses s'é-
taient passées ; il n'osa refuser d'o-
béir et la suivit, sans dire un mot.

Lorsqu'ils furent seuls elle lui
fit questions sur questions ; igno-
rant qu'elle eût été au château,
il répondit de manière à la convaincre que ses soupçons étaient
fondés. La Marquise, habile dans
l'art de la dissimulation, concentra
sa rage dans son cœur et s'approchant
de lui insensiblement : un si grand
service, lui dit-elle, mérite une
récompense, et avant qu'il eût pu
prévoir son intention, elle tira un
poignard de son sein et le lui plon-
gea dans le corps. Le malheureux
tomba noyé dans son sang ; la
Marquise sortit, referma la porte
et monta en voiture, sans paraître
éprouver la moindre émotion.

CHAPITRE XXXII.

Une bonne action ne demeure pas sans récompense.

JE fus obligé de raconter à Athenaïs tous les détails de mon aventure ; l'indignation, la pitié, la terreur se peignaient tour à tour sur son visage, mais lorsque je fus arrivé à l'article de ma délivrance, elle se leva à moitié de son lit. Où est-il, s'écria-t-elle, le sauveur de mon Ambrosio ? n'en sois pas jaloux mon ami, mais je brule de l'embrasser. Je donnai aussi-tôt l'ordre de faire monter Zelico, on le chercha par-tout, on l'appela, ce fut envain, Zelico ne se trouva pas.

Il y eût eu de l'ingratitude à l'abandonner à son mauvais sort, après le service que j'en avais reçu, je résolus donc de voler à son secours, car, quoique j'ignorâsse la cause de son absence, je ne doutais pas qu'il ne fût tombé au pouvoir de l'infernale Marquise, mais où le trouver ? Je partis cependant aussi-tôt avec deux officiers d'ordonnance qui offrirent de m'accompagner et je poussai mon cheval au hasard. Je parcourais depuis une heure toutes les rues de la ville, sans aucun but déterminé, lorsqu'en passant dans celle *del sepulchro*, je me rappelai d'avoir entendu dire au général que la Marquise y demeurait. Ce souvenir me parut une inspiration de la providence et je pris sur le champ le parti de visiter son hôtel. J'entrai dans plusieurs maisons, je questionnai les passans et découvris enfin ce que je cherchais. La maison était restée ouverte, la Marquise, pressée de fuir, n'avait pas jugé à propos de remettre les clefs au propriétaire ; nous entrâmes dans la cour, mes camarades et moi et, mettant pied à terre, nous parcourûmes ensemble le jardin et les appartemens. En passant devant le cabinet de la Marquise, il me sembla entendre un gémissement sourd, j'ouvris la porte avec précipitation et j'apperçus le malheureux Zelico étendu sur le parquet,

Il respirait encore, j'ouvris promptement sa veste et, détachant ma cravatte, je bandai sa blessure d'où le sang sortait abondamment. Pendant ce tems, un des officiers était aller chercher du secours, il revint bientôt avec deux hommes et un brancard, sur lequel nous plaçâmes le blessé le plus doucement possible, et nous reprîmes le chemin du quartier-général.

La Marquise y arrivait en même tems que nous, escortée par les dragons, à la tête desquels était Pedro. On la fit descendre de voiture pour la conduire dans une chambre, qui devait lui servir de prison jusqu'à nouvel ordre. Elle fut obligée de passer auprès du brancard et elle reconnut Zelico

qui était couché dessus tout en-
sanglanté ; elle pâlit et détourna
la tête avec effroi. Mr. de Valcour
la conduisit lui-même à son appartement, sans lui adresser une
parole, ni rien qui eût l'air du
reproche ; il l'abandonna à elle-même
et à sa conscience. Elle dut passer
une bien mauvaise nuit ! Si le re-
mord, vengeur du crime, ne put
pénétrer dans le cœur de cette furie,
la terreur compagne de la lâcheté,
dut le remplacer et lui rendre au
centuple tous les maux qu'elle m'a-
vait faits.

Je fis venir un chirurgien pour
visiter la blessure de Zelico, elle
ne se trouva pas mortelle, le coup
avait glissé sur une côte, mais il
avait perdu beaucoup de sang

et sa faiblesse était extrême ; le
chirurgien prescrivit un régime et
se retira après le pansement. Athenaïs avait quitté le lit ; toute con-
valescente qu'elle était elle s'obstina
à le soigner elle-même et tous les
efforts qu'on fit pour l'en détourner
furent inutiles. Laissons le à la
garde de sa jolie infirmière, et re-
venons à ce qui me concerne.

CHAPITRE XXXIII.

Interrogatoire. — Réconciliation. — Mariage.

LE général écrivit à mon père pour lui demander une entrevue, la lettre resta sans réponse; il en fut de même de toutes celles qu'il lui envoya. Las d'écrire inutilement, Mr. de Valcour nous appela tous un matin : Nous allons, nous dit-il, tenter un dernier effort pour vaincre l'obstination du Comte, nous l'attaquerons par les endroits les plus sensibles ; s'il résiste à cette dernière tentative nous n'avons plus d'espoir, mais la réussite ne me paraît pas douteuse. Les événemens de ces jours derniers, le récit des dangers qu'a couru son fils unique, les crimes de la Marquise prouvés par le témoignage de sa sœur et ses propres aveux, si nous pouvons la forcer de dire la vérité, tout cela doit nous rassurer sur l'issue de la démarche que nous allons faire. Après cette courte harangue, Mr. de Valcour distribua à chacun son rôle et nous partîmes. Nous eûmes beaucoup de peine à décider Athenaïs à être de la partie, elle ne voulait pas quitter son malade ; cependant à force de lui répéter qu'il était hors de danger et que notre absence ne serait pas longue, elle consentit à nous accompagner. Nous montâmes à cheval le général et moi; Paulina, M.e et M.lle de Valcour nous sui-virent en voiture, et la Marquise seule dans la sienne ferma la marche; deux dragons chargés de répondre d'elle surveillaient tous ses mouvemens.

Lorsque nous fûmes arrivés à l'hôtel du Comte, Mr. de Valcour se fit annoncer. Le valet revint aussi-tôt et dit que son maître n'était pas visible. Vas lui dire de ma part, répondit le général, qu'il ne s'agit de rien moins que de la vie de son fils. Le domestique courut s'ac-quitter de sa commission et revint presque aussi-tôt dire à M. de Val-cour qu'il pouvait entrer. Le général se fit ouvrir une salle du rez-de-chaussée et y fit entrer les dames, à l'exception de la Marquise qu'il laissa dans sa voiture, il nous plaça Pedro et moi dans l'antichambre du Comte et entra seul dans son appartement.

Après s'être informé obligeamment de sa santé, il lui fit le détail des événemens survenus depuis qu'il était retenu au lit par sa blessure. Mon pere frémit plusieurs fois des dangers que j'avais couru, mais revenant bientôt à son caractère soupçonneux, il demanda où étaient les preuves. Le général ordonna de faire paraître la Marquise, et aussi-tôt qu'elle fut entrée, il la somma de révéler elle-même ses crimes. Elle nia tout effrontément, mon pere sourit, et le général tirant de sa poche la lettre qu'elle avait écrite à Paulina, la lui présenta en lui demandant d'une voix terrible si elle reconnaissait son écriture; elle changea de couleur, mais elle persista toujours à se dire innocente. Je vois bien, dit le général, qu'il faut un autre témoin, je vais le faire entrer et nous verrons si vous oserez le démentir; à ces mots il ordonna d'introduire Paulina.

A peine celle-ci parut-elle que la Marquise jetta un cri et s'évanouit. On s'empressa de la faire revenir à elle, et Mr. de Valcour la somma de nouveau de faire l'aveu qu'il exigeait d'elle. Si vous obéissez sur le champ, lui dit-il, je vous jure, foi de général, de ne point vous poursuivre, mais si vous persistez davantage dans votre refus, je vais vous livrer aux tribunaux, et j'ai des preuves plus que suffisantes pour vous conduire à l'échaffaut. La proposition était précise, aussi la Marquise ne balança-t-elle pas à profiter de l'alternative; elle avoua tout, et son récit fit plus d'une fois frissonner mon pere d'indignation et de fureur.

Lorsque le général eut tiré d'elle tous les aveux qu'il désirait, il la fit conduire à sa prison, en attendant son départ pour l'Espagne, et pria honêtement Paulina de retourner près des dames.

Aussi-tôt qu'il fut seul avec mon pere, il lui adressa la parole en ces termes : ,, Vous voyez, mon

cher Comte, qu'elle est la mora-
lité de vos dignes amis, vous venez d'entendre la femme que vous
vouliez donner pour épouse à votre
fils, celle que vous préfériez à l'a-
mante de son choix, et pourquoi ? pour satisfaire une haine
injuste, car, réfléchissez un instant, interrogez votre conscience,
et vous conviendrez que je ne la
méritai jamais. J'ai épousé malgré
vous l'objet de votre amour, mais
j'aimais avant vous, j'étais aimé et
vous ne l'étiez pas. Aviez-vous le
droit de prétendre que je vous cé-
dasse la femme que j'aimais et
dont j'étais aimé ? non sans doute.
Je vous ai blessé, mais vous m'a-
viez forcé de mettre l'épée à la
main. Jusque là tout le tort est de

votre côté et depuis, nous avons toujours été trop éloigné l'un de l'autre pour que vous ayez d'autres griefs à me reprocher. Oseriez-vous me faire un crime de l'enlèvement de votre fils ? Je n'ai fait qu'user de représailles ; vous m'aviez privé de ma fille qui faisait tout mon bonheur, peu s'en est fallu que vous n'ayez ôté la vie à sa mere, en lui enlevant l'unique objet capable de la consoler pendant mon absence. Plus généreux que vous, je vous ai épargné l'inquiétude et l'angoisse dont vous n'aviez pas craint d'abreuver mon âme ; à peine votre fils a-t-il été en mon pouvoir que je vous l'ai annoncé moi-même ; j'ai eu pour lui les mêmes soins, la même tendresse que s'il m'eût appartenu ; j'ai continué son éducation, je l'ai guidé dans la carrière de la gloire, et lui ai fait obtenir en peu de tems un grade distingué dans l'armée. Votre château de..... était en vente, je l'ai acheté pour vous le remettre, il n'a pas cessé de vous appartenir et vous pouvez en prendre possession quand bon vous semblera. Pardon, mon cher Comte, ajoûta-t-il, si je vous entretiens si long-tems de mes actions, ce n'est pas pour en faire parade, mais pour vous forcer à m'aimer, s'il est possible.

Ambrosio aime ma fille, il m'en a fait depuis long-tems la confidence, Athenaïs a pour lui les mêmes sentimens , je l'ai jugé digne d'entrer dans ma famille , et il ne manque que votre consentement pour faire le bonheur de ces deux amans, le mien, celui de mon épouse; et le votre, car un bon pere n'est-il pas heureux de la félicité de ses enfans? Faites un retour sur vous-même, Comte, et que cette union fortunée soit le sceau de notre reconciliation ! ,,

Mon pere, assis dans son lit, restait muet et immobile. Mr. de Valcour remarquant son irrésolution et voulant attaquer sa sensibilité, fit un signe à Pedro qui, de l'antichambre l'observait attentivement, et au même instant je parus dans l'appartement suivi de M.ᶜ de Valcour et d'Athenaïs. Je m'élançai dans les bras de mon pere, Athenaïs se mit à genoux près du lit et madame de Valcour s'empara d'une des mains du Comte et la pressa dans les siennes ; le général, debout au milieu de la chambre, contemplait le tableau.

Allons, Comte, dit-il à mon pere, ne vous laissez pas vaincre par une mauvaise honte, il est toujours honorable de revenir d'une erreur et de la réparer. Le desir de faire le bonheur de nos enfans m'a fait faire les premières avances, j'ai même passé par-dessus les usages reçus, car, c'était à vous à me demander ma fille pour Ambrosio, et non à moi de vous l'offrir ; laissez-vous toucher, et oublions en faisant des heureux que nous fûmes long-tems ennemis.

Mon cœur battait avec force, en attendant l'effet de ces paroles, je tremblais et respirais à peine. Enfin un torrent de larmes s'échappa des yeux de mon pere, il serra la main de madame de Valcour, se pencha vers Athenaïs et l'embrassa tendrement; puis se tournant vers le général : Valcour, lui dit-il, j'ai descendu dans mon cœur pour la première fois de ma vie, je suis seul coupable, je l'avoue; oubliez le passé, s'il est possible et rendez-moi votre amitié. Vous ne l'avez jamais perdue, répondit le général en l'embrassant, j'ai plaint votre erreur, mais je ne vous ai jamais haï et les soins que j'ai pris d'Ambrosio sont un sûr garant des sentimens que j'ai toujours conservé pour vous.

Athenaïs allait donc être à moi ! Athenaïs que j'adorais, et dont un instant avant je craignais d'être séparé pour toujours : plus de terreurs, plus de larmes ; libres de nous aimer, de nous le dire, qu'elle perspective de bonheur s'offrait à nos yeux ! Chéris de nos familles qui nous devaient leur reconciliation, nous passions successivement mon amante et moi des bras de mon pere dans ceux du général et de son épouse, et des larmes d'attendrissement et de joie coulaient de tous les yeux.

CONCLUSION.

MON union avec Athenaïs ne fut différée qu'autant de tems qu'il en fallait pour que ma mere pût se rendre en Italie pour y assister. Elle ne se fit pas attendre long-tems, son impatience de me revoir était si grande qu'elle voyagea jour et nuit, et nous ne tardâmes pas à la serrer dans nos bras. La cérémonie de mon mariage se fit avec pompe et solemnité, les soldats de la division de Valcour, qui chérissaient ce général comme leur pere, célébrèrent, par leurs danses et leurs chants, son bonheur et celui de sa famille.

La paix fut conclue peu de tems après et les armées rentrèrent en France. Mon beau pere obtint une retraite honorable à laquelle ses longs services et six blessures lui donnaient des droits, mais il chérissait trop sa fille et son gendre pour pouvoir vivre éloigné de nous. Il sollicita pour moi du gouvernement une place à résidence, et je reçus bientôt après la nouvelle de ma nomination à la préfecture de D..., dont le siége n'est éloigné que de deux lieues du château sur l'Adour. Mon pere vendit toutes ses possessions en Espagne, et vint se fixer près de nous avec ma mere ; inséparable du général, il a oublié qu'il fut long-tems son ennemi, ou s'il se le rappelle quelque fois, ce n'est que pour regretter les instans de bonheur que cette inimitié lui a fait perdre.

Mon Athenaïs ma rendu pere de deux beaux enfans, l'himen n'a fait qu'augmenter notre tendresse mutuelle et nous oublions au sein de l'amour et de l'amitié les peines et les traverses que nous avons essuyées avant d'arriver au bonheur.

Nous n'avons pas oublié le bon Pedro ; Mr. de Valcour voulait lui assurer une pension, il l'a refusée et continue d'être notre conseil et notre ami.

Paulina, revenue des erreurs de sa jeunesse, a résolu de les expier ;

elle s'est présentée chez les *Sœurs du Pot* et, après avoir subi un noviciat rigoureux, elle a été admise dans cette congrégation. Elle a consacré toute sa fortune au soulagement des pauvres malades.

Zelico, guéri de ses blessures, est resté à mon service, il est toujours le favori d'Athenaïs.

Quant à la Marquise, elle s'est amourachée d'un jeune Espagnol sans fortune, et lui a donné sa main. Les commencemens de leur union ont été assez tranquilles, mais bientôt le jeune homme a cessé de se contraindre, les richesses de la Marquise sont devenues la proye des joueurs et des usuriers; il a tout dissipé en moins de 2 ans et a fini par se faire tuer en duel. Sa veuve s'est retirée dans une petite terre qui lui reste, et elle y attend dans la douleur et les remords la fin de sa coupable carrière.

FIN.

POST-FACE.

SI mon livre n'a pas de Préface, ce n'est pas qu'il n'en ait autant de besoin qu'un autre, mais je n'ai pas voulu influencer le jugement du lecteur. A présent qu'il est lu et jugé, on ne trouvera sans doute pas mauvais que j'en dise aussi mon avis.

Si l'amour propre, vice dominant des Auteurs, ne m'a pas fasciné les yeux, le lecteur a dû y trouver de l'imagination et quelques scènes neuves. Ou je me suis trompé dans les observations que j'ai faites pendant mon séjour en Castille, ou le caractère du Comte de Salinas est bien celui d'un noble Espagnol. Une jolie femme de Milan m'a servi de modèle pour le portrait de la Marquise , et je le crois assez bien dessiné. * Il me semble aussi que le général Valcour n'a pas cessé un instant d'être français , dans tout le cours de cette histoire. Quant-à mon héros , né de l'alliance d'un Castillan avec une Française , il devait être tour à tour sombre et gai , soupçonneux et crédule , inconstant et fidèle ; et je l'ai présenté sous ces différens points de vue. J'abandonne les autres personnages à la critique du lecteur , persuadé que la belle âme d'Athenaïs , le repentir de

---

* Un jeune officier Français , amant d'une Milanaise , parlait un jour devant elle , peut-être avec trop de feu , de la beauté d'une autre femme ; la physionomie de la dame , si douce un instant avant , changea tout-à-coup , ses yeux s'enflamèrent , elle saisit un couteau qui se trouvait sur une table , et lui en présentant la pointe : si je savais , lui dit-elle en le regardant fixement , que tu eusses des vues sur elle ou sur toute autre , je te poignarderais.

Paulina et l'intelligence de Pedro, leur feront trouver grace à ses yeux.

Mais le stile? .... Ah! le stile est celui d'un homme qui n'a jamais écrit qu'en vers; Ambrosio est mon coup d'essai, et un coup d'essai est rarement un coup de maître. Je réclame l'indulgence des connaisseurs, je prie ceux qui remarqueront dans l'ouvrage quelques fautes graves, de vouloir bien me faire part de leurs observations, et je m'engage à les rectifier dans la prochaine édition.

J'en ai dit assez, je pense, pour désarmer la critique, j'ai pourtant encore un mot à dire : lecteur, Ambrosio est l'ouvrage de six semaines.